O presente inesperado

Copyright © 2011 Eve Ortega
Copyright © 2018 Editora Gutenberg

Título original: *Once Upon a Winter's Eve*

Todos os direitos reservados pela Editora Gutenberg. Nenhuma parte desta publicação poderá ser reproduzida, seja por meios mecânicos, eletrônicos, seja via cópia xerográfica, sem a autorização prévia da Editora.

EDITORA RESPONSÁVEL
Silvia Tocci Masini

ASSISTENTE EDITORIAL
Andresa Vidal Vilchenski

PREPARAÇÃO
Andresa Vidal Vilchenski

REVISÃO FINAL
Sabrina Inserra

CAPA
Larissa Carvalho Mazzoni (sobre imagens de Remark_Anna / Natykach Nataliia)

DIAGRAMAÇÃO
Larissa Carvalho Mazzoni

Dados Internacionais de Catalogação na Publicação (CIP)
Câmara Brasileira do Livro, SP, Brasil

Dare, Tessa

O presente inesperado / Tessa Dare ; tradução A C Reis. -- 1. ed. -- Belo Horizonte : Gutenberg Editora, 2018. -- (Série Spindle Cove)

Título original: Once Upon a Winter's Eve

ISBN 978-85-8235-553-4

1. Ficção histórica 2. Romance norte-americano I. Título. II. Série.

18-20129 CDD-813

Índices para catálogo sistemático:
1. Romances históricos : Literatura norte-americana 813
Iolanda Rodrigues Biode - Bibliotecária - CRB-8/10014

A **GUTENBERG** É UMA EDITORA DO **GRUPO AUTÊNTICA**

São Paulo
Av. Paulista, 2.073,
Conjunto Nacional, Horsa I
23º andar . Conj. 2310 - 2312
Cerqueira César . 01311-940
São Paulo . SP
Tel.: (55 11) 3034 4468
www.editoragutenberg.com.br

Belo Horizonte
Rua Carlos Turner, 420
Silveira . 31140-520
Belo Horizonte . MG
Tel.: (55 31) 3465 4500

Rio de Janeiro
Rua Debret, 23, sala 401
Centro . 20030-080
Rio de Janeiro . RJ
Tel.: (55 21) 3179 1975

ROMANCES PARA SE APAIXONAR!

LORRAINE HEATH
Série Os sedutores de Havisham

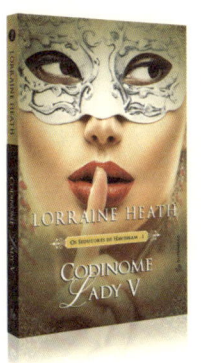

Uma máscara oculta sua identidade... E liberta seus desejos mais ocultos.

SUZANNE ENOCH
Série Highlands

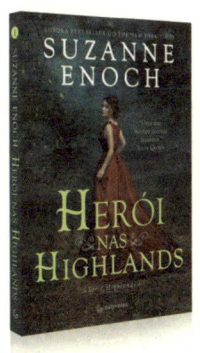

A união explosiva entre um soldado inglês e uma determinada jovem escocesa despertará paixões épicas.

TESSA DARE *Série Castles Ever After*

 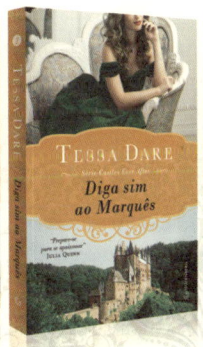 

Uma herança inesperada é a oportunidade perfeita para essas heroínas se libertarem e descobrirem seus sentimentos mais secretos...

TESSA DARE *Série Spindle Cove*

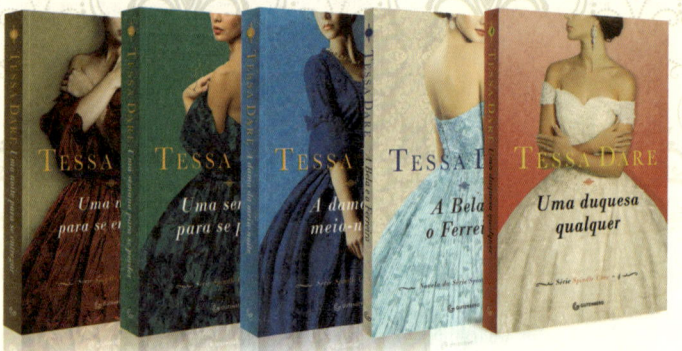

A cidade litorânea de Spindle Cove é um ótimo balneário para encontrar paz e descanso...

Mas para essas mocinhas é o lugar propício para paixões ardentes!

SARAH MACLEAN *Série Escândalos e Canalhas*

Extra! Extra! Situações escandalosas, libertinos incorrigíveis e amores inesquecíveis em histórias de perder o fôlego!

SARAH MACLEAN *Série O Clube dos Canalhas*

O cassino mais exclusivo de Londres é palco de histórias de amor, vingança, redenção... e muita sedução!

Novela da Série Spindle Cove

Tessa Dare

O presente inesperado

Tradução: A C Reis

Para minha estrela brilhante, e para a pequena constelação maluca que criamos.

Capítulo um

Em dezembro de 1813, o baile dos oficiais teve um efeito profundo na economia de Spindle Cove. Como as mulheres eram maioria na vila, certos produtos tornaram-se escassos: primeiro acabaram-se os grampos de cabelo, em seguida as fitas, e os papéis para fazer cachos ficaram caríssimos.

E "cantos". Cantos tornaram-se a maior raridade. Porque só existem quatro cantos em qualquer salão de baile, e em Spindle Cove muitas mulheres gostavam de ficar nas extremidades.

Violet Winterbottom era uma tímida experiente, e sabia como marcar e defender seu território.

Ela tomou posse de seu nicho assim que chegou. Uma alcova confortável do salão de festas de Summerfield, levemente aromatizada por um arranjo de *bayberry* pendurado na parede e situada perto da tigela de vinho quente.

— Por que está se escondendo no canto, Violet? — Kate Taylor se aproximou e a pegou pelo braço. Alegre e sensata, Kate era a professora de música do vilarejo.

— É Natal, você deveria estar dançando.

Violet resistiu com um sorriso.

— Obrigada. Estou bem aqui.

— Está mesmo? — Kate arqueou uma sobrancelha.

Violet deu de ombros. Na aparência, não se encaixava na definição de garota tímida. Era uma jovem de boa família, possuidora de um dote generoso, e era, se não uma beleza mitológica, pelo menos agradável sob a luz de velas. Seus talentos em música e desenho não mereciam alarde, mas ela falava seis línguas modernas e era capaz de ler várias outras mortas. Violet não era desajeitada nem possuía qualquer tipo de doença. Tampouco tinha a língua presa.

Ainda assim... passava muito tempo pelos cantos. Mais do que nunca desde o que ela intitulava como A Decepção.

— Vamos encontrar um par para você — Kate disse, puxando-a pelo pulso. — Seu vestido vai ter ainda mais destaque perto do casaco vermelho de um miliciano.

— Deixe-a em paz, Srta. Taylor. — Sally Bright se juntou a elas. — Você sabe que ela está incomodada, porque vai nos deixar amanhã.

Kate apertou a mão dela.

— Querida Violet, vamos sentir tanto a sua falta.

— E eu sentirei saudade de todas vocês.

Os pais de Violet tinham, finalmente, perdido a paciência com a ausência prolongada da filha mais nova. Eles queriam vê-la mais bem estabelecida, e tinham decidido que a próxima Temporada seria *a grande* Temporada. A carruagem dos Winterbottom chegaria para pegá-la no dia seguinte, e Violet não teria escolha se não colocar seus baús no veículo e retornar a Londres, para a casa da família na cidade – que ficava, horrível e dolorosamente, bem ao lado da *dele*.

Por favor, que ele não esteja em casa. Que esteja a oceanos de distância.

Nervosa, Violet passou as mãos enluvadas pelo vestido esmeralda.

— Meus pais querem que eu esteja em casa para passar o Natal com a família.

— Ora, isso é bom, não é mesmo? — disse Sally. — Nós, os Bright, sempre passamos o Natal na esperança de que nosso pai *não* apareça. O canalha é como a gripe, adora aparecer no inverno.

Os membros da família Bright compartilhavam de duas qualidades: todos possuíam cabelos loiros platinados e todos trabalhavam juntos na loja Tem de Tudo. Sally atendia os clientes, distribuindo com alegria produtos e fofocas. O mais velho, Errol, trazia as mercadorias de outras cidades. Os gêmeos Rufus e Finn trabalhavam no estoque, enquanto a mãe afobada cuidava dos filhos pequenos. O pai era ausente – e, pelo que Violet tinha percebido, sua ausência não era lamentada.

— Mas Violet, se vai embora amanhã, é mais uma razão para você dançar esta noite — Kate disse. — Nós *todas* deveríamos dançar. Minha nossa, olhe para eles.

Ela gesticulou na direção da outra extremidade do salão. Ali, os milicianos de Spindle Cove estavam alinhados em fila única, como se fosse dever solene de todos servir de arrimo à parede. Os milicianos usavam casacos vermelhos como lagostas, calças brancas, galões dourados, botões de metal e a mesma expressão de inquietação.

Kate meneou a cabeça.

— Depois de todos os meses que esperamos por este baile, eles vão ficar ali, parados como postes, nos encarando?

— O que você esperava? — Violet perguntou.

— Não sei. — Kate suspirou. — Romance, talvez? Nunca sonhou com um cavalheiro belo e misterioso notando você no meio de um salão de festas lotado? E então ele atravessa a sala e a tira para dançar, e de repente se pega apaixonado para sempre?

Sally meneou a cabeça.

— Isso nunca acontece na vida real. Pergunte para minha mãe.

Pode perguntar para mim, Violet quase disse em voz alta.

O sonho descrito por Kate tinha acontecido com Violet certa vez. Em um ambiente parecido com o que estavam, quase um ano antes. Um homem que ela adorava há anos tinha, enfim, reparado nela. Seus olhares se encontraram em meio a um salão abarrotado, e ele abriu caminho pela multidão para pegar sua mão.

Mas no fim ele se mostrou uma decepção. A Decepção.

— Finais felizes existem — Kate insistiu. — Vocês só precisam olhar para Lorde e Lady Rycliff para constatarem isso.

Todas se viraram para admirar seus anfitriões. Violet teve que admitir que eles formavam um casal esplêndido.

— É tão romântico o modo como ele fica tocando nas costas dela. E a expressão nos olhos dele... — Kate suspirou, sonhadora.

— Ele é apaixonado por ela. E Susanna é o retrato da felicidade.

— Claro que ela é feliz — Violet disse. — Lorde Rycliff é um homem muito honrado e decente. — *Ao contrário de certos "cavalheiros".* — Todas nós deveríamos ter a mesma sorte.

— Talvez — Kate disse. — Mas e se isso não tiver nada a ver com sorte? Estamos em Spindle Cove. Quem disse que precisamos esperar uma atitude dos homens? Talvez seja melhor fazermos algo, em vez de esperar sermos notadas.

O que Violet notou foi um grito. O guincho assustado atravessou o salão lotado, fazendo com que todos ficassem imóveis onde estavam.

— Bom Deus — ela murmurou. — O que foi isso?

— O que é isso? — Kate perguntou.

Os convidados se afastaram em direção às paredes, revelando o que Violet não podia ver: as portas que se abriam para o jardim tinham sido escancaradas. A silhueta de uma figura estava parada ali. Alta, sombria e ameaçadora.

Os milicianos levaram as mãos aos sabres que traziam pendurados ao lado do corpo. Violet teria se sentido mais segura se não soubesse que eram sabres ornamentais, mais adequados para cortar queijo do que atingir um invasor.

Como anfitrião, lorde e oficial no comando, Lorde Rycliff deu um passo à frente.

— Quem é você? — ele perguntou. — O que quer?

Não obteve resposta.

Era óbvio que o homem não era de Spindle Cove. Naquele vilarejo, todos os moradores se conheciam — pelo menos de vista, ainda que não pelo nome. O invasor era estranho a todos.

Ele era grande. E estava sujo e encharcado. Então o homem começou a se mover. Hesitante, cambaleante... diretamente na direção de Violet.

Os milicianos desembainharam seus sabres, e alguns deles até correram à frente. O Cabo Thorne parecia pronto para perfurar o homem – apesar da espada sem valia.

Mas o intruso não permaneceu como uma ameaça por muito tempo. Antes que qualquer miliciano conseguisse alcançá-lo, ele desabou. Bem aos pés de Violet.

— Oh, minha nossa.

Enquanto deslizava até o chão, ele tentou segurar na saia dela, enrolando os dedos no tecido de seu vestido. Quando a cabeça do homem enfim encontrou os tacos do piso, um longo risco de sangue marcava a seda do traje da jovem.

Violet se ajoelhou. Não teve muita escolha. Encostou a mão enluvada no pescoço do invasor, procurando seu pulso. Os dedos protegidos pelo cetim ficaram vermelho-vivos. E trêmulos.

Kate e Sally se agacharam ao lado dela.

— Meu Deus! — Kate inspirou fundo. — Ele está coberto de sangue.

— E sujeira — Sally disse. — Mas, nossa, é lindo mesmo assim.

— Sally, só você poderia pensar em algo do tipo em um momento desses.

— Não vai me dizer que não notou. Olhe para as maçãs do rosto deste homem. O maxilar forte. O nariz é uma pena, mas esses lábios foram feitos para o pecado. Ele parece um anjo caído, não é?

— Ele está caído — Kate disse. — É a única certeza que temos.

Violet tirou a luva suja e tocou o rosto sangrento e gelado do homem com a mão nua. Ele gemeu e puxou ainda mais o tecido da saia de Violet.

Sally lançou um olhar irônico para ela.

— Quem quer que seja, parece muito apegado à Srta. Winterbottom.

Violet sentiu o rosto esquentar. Nunca sabia como agir em um baile, mas aquela situação não foi registrada em nenhum livro de etiqueta. Quando um homem atravessava, cambaleante, um salão de bailes e desabava aos pés de uma mulher, esta não deveria lhe oferecer algum tipo de consolo? Parecia a coisa certa a se fazer.

Mas ela tinha cometido esse mesmo erro no passado: ofereceu consolo a um homem ferido e deixou-o se aproveitar. Ela havia passado o último ano pagando por esse erro.

— Com licença. Deixem-me passar. — Susanna, Lady Rycliff, abriu caminho em meio à multidão e se ajoelhou ao lado do homem.

— Eu preciso encontrar a origem do sangramento.

Lorde Rycliff se juntou a ela.

— Antes vou revistá-lo para saber se tem alguma arma. Não sabemos quem ele é.

— É alguém que precisa de ajuda, e não podemos esperar — Susanna respondeu. — Ele está completamente gelado e tem um corte feio na cabeça, está vendo?

— Susanna...

— Olhe para ele. Como pode ser uma ameaça? Está quase inconsciente.

— Tire suas mãos dele — Lorde Rycliff ordenou com a voz baixa e severa. — Agora.

Soltando um suspiro, Susanna levantou as mãos à altura dos ombros.

— Tudo bem. Seja rápido, por favor.

— Thorne, reviste as botas. Eu vejo os bolsos. — Lorde Rycliff verificou o peito do homem e a faixa na cintura, além dos bolsos do casaco azul-escuro. — Nada.

— Aqui também não tem nada. — Thorne virou as botas gastas de cabeça para baixo e as sacudiu.

— Nem uma moedinha? — Kate perguntou. — Talvez tenha sido roubado.

— Posso fazer meu trabalho agora? — Susanna perguntou. Quando o marido concordou com a cabeça, ela gesticulou para um criado. — Traga cobertores e bandagens agora mesmo. — Ela se virou para as mulheres. — Kate, pode pegar meu kit de emergência na despensa? Sally, traga uma caneca de vinho quente. — Depois de tirar as luvas, ela encostou as mãos nuas nos pés do homem ferido. — Estão um gelo — ela murmurou, fazendo uma careta. — Tijolos quentes, por favor — ela pediu aos criados, erguendo a cabeça.

Thorne tirou um punhado de algas da bota do homem.

— Algas marinhas... Ele deve ter sido arrastado pelas ondas na enseada.

— Oh, céus. Mas se ele chegou na enseada, como conseguiu vir até aqui?

— O mais importante é, por quê? — disse Lorde Rycliff apertando o maxilar.

O estranho começou a tremer com violência, deixando escapar palavras por entre seus lábios azulados. Ele desfiou uma série de expressões em língua estrangeira.

Rycliff fez uma careta.

— Que língua é essa? Não é inglês. Nem francês.

— Violet deve saber — Susanna disse. — Ela conhece todos os idiomas.

— Isso não é verdade — Violet protestou. — Só uma dúzia ou um pouco mais.

— Bobagem. Você aprendeu romani em uma hora, quando aquele bebê ficou doente.

— Não aprendi, não.

Ela não tinha aprendido romani. O que ela aprendeu, por tentativa e erro, foi que uma das mulheres falava um pouco de italiano, que usaram como uma língua intermediária com muito esforço, gestos e mímicas para conseguirem se entender. A tradução não tinha sido muito elegante, mas foi eficiente para ajudar uma mãe assustada e seu bebê febril.

A linguagem é uma tapeçaria imensa e complicada. A chave para a comunicação é encontrar um fio comum aos envolvidos.

Para tanto, Violet deixou de lado suas emoções e se concentrou nas palavras do homem.

— É... algum tipo de dialeto celta, pelo som das palavras. Não é exatamente minha área de conhecimento. Quem sabe ele é galês?

Ela levantou a mão pedindo silêncio. Desejou que até seu coração parasse com o barulho, para que pudesse ouvir melhor as palavras do homem.

Era definitivamente algum tipo de língua celta. Mas ouvindo melhor, não parecia galês. Muito menos gaélico ou manês.

— Aqui. — Sally voltou com uma caneca fumegante de vinho quente. — Faça-o beber isto.

Com ajuda das outras, Violet levantou a cabeça dele e levou a caneca até seus lábios. Ele bebeu e tossiu, então bebeu de novo.

— Estou ouvindo — ela disse em inglês, esperando que o tom tranquilizador de sua voz fosse compreendido, ainda que suas palavras, não. — Diga-me como posso ajudar.

Ele se virou e olhou para ela.

Violet parou de respirar. Um choque causado pela possibilidade de reconhecimento a atingiu com tanta força que o salão todo começou a girar.

Os olhos dele. Bom Deus, aqueles *olhos*. Eram da mesma tonalidade complexa de castanho-avermelhado. Continham uma inteligência que contradizia as roupas grosseiras, simples. Transmitiam um desespero, um pedido de ajuda. Mas, acima de tudo, aqueles olhos pareciam... *familiares*.

Não podia ser, ela disse a si mesma. Não fazia nenhum sentido. Mas quanto mais encarava aqueles olhos castanhos, tanto maior era o sentimento de afinidade. Violet sentiu como se fitasse um rosto que já tinha visto antes. Um conjunto de feições mais familiar do que seu próprio reflexo no espelho. Um rosto que assombrava seus sonhos.

— Não pode ser — ela sussurrou.

Ele agarrou a mão dela. Violet soltou uma exclamação com o contato súbito, com o frio doloroso da pele dele.

O fluxo de palavras diminuiu. Ele começou a repetir apenas uma frase. A mesma sequência de sílabas, sem parar. Violet escutava com atenção. Depois que entendeu onde a frase terminava e ouviu mais algumas vezes, conseguiu desvendar seu significado.

— Consegue entender o que ele está dizendo? — Lorde Rycliff perguntou.

— Um pouco. Acho que ele está falando em... — Ela fez uma pausa e escutou de novo. — Bem, parece córnico. Mas não. Eu acho que é... bretão.

— Bretão?

— Eu nunca estudei bretão, então não posso ter certeza. Mas ouvi um pouco de córnico, e sei que bretão é a relação linguística mais próxima, devido à proximidade entre a Cornualha e a Bretanha. São separadas apenas por um trecho de mar.

— Bretanha — Rycliff repetiu. — Bretanha, na França.

Violet concordou.

— A mesma França com a qual estamos em guerra.

— Sim.

Todos no salão ficaram em alerta. Violet percebeu a apreensão nos olhos das pessoas enquanto os homens de uniforme se entreolhavam. Um francês surgindo na praia de Spindle Cove? Como milicianos, eles estavam preparados para evitar exatamente esse tipo de ocorrência.

— Pergunte de onde ele é — Rycliff disse. — Há mais franceses?

Um criado se aproximou com cobertores, mas quando se preparava para cobrir o homem trêmulo, Lorde Rycliff o deteve com a mão espalmada.

— O que ele está dizendo, Srta. Winterbottom? Nós precisamos saber se estamos sendo atacados.

— Eu só consigo entender uma coisa do que ele está dizendo. É a mesma frase, que não para de repetir.

— O que é?

Ela tocou a face do homem com a ponta dos dedos.

— *Nedeleg laouen* — ela repetiu. — Feliz Natal.

Capítulo dois

Ela era um anjo. O anjo pessoal dele.

Pensou que iria morrer, cambaleando pela noite fria, com sangue escorrendo pelo pescoço e água do mar escorrendo por todo o resto, congelando as roupas junto ao corpo. Enquanto se arrastava pelos campos na direção daquela casa reluzente, ele estava certo de que morreria.

Tinha caído. Desesperado. Mas lutou para se levantar e continuar, porque não havia outra coisa a fazer. E quando estava a ponto de alcançar as portas daquele espaço quente e brilhante, ele a avistou: uma visão de seda esmeralda e cabelo dourado. Estava parada no canto, como se esperasse por ele. Ela lhe deu força para arrastar suas pernas dormentes, dizendo para si mesmo que... Se morresse nesta noite, morreria com aquela linda garota nos braços. Ou, o mais provável, morreria nos braços daquela linda garota.

— *Nedeleg laouen* — ele gaguejou mais uma vez, com os lábios congelados.

Ela curvou a boca em um sorriso contido. Dedos suaves acariciaram o rosto dele mais uma vez.

— *Nedeleg laouen.*

Deus da misericórdia. Um milagre. Ela o compreendia. Ela o tocava. Essa era uma dádiva que ele não merecia.

Nada estava acontecendo como deveria. Tantos erros estúpidos. Tolos. Idiotas. *Azen gomek*. Seus superiores ficariam insatisfeitos. Se ele sobrevivesse para vê-los outra vez, era possível que o fizessem desejar ter morrido.

Mas ela estava ali. Vestindo seda verde e tocando seu rosto. Aquilo era o paraíso, ainda que por um instante.

Um casaco vermelho surgiu em seu campo de visão. Aquele que chamavam de Rycliff. Evidentemente, o lorde, comandante ou algo assim. O tal Rycliff o segurou pelo colarinho e vociferou perguntas. Primeiro em inglês, depois em francês. Ele só conseguiu responder em bretão:

— *Corentin Morvan eo ma anv. Me a zo un tamm peizant.* (Meu nome é Corentin Morvan. Eu sou um humilde camponês.)

Rycliff o soltou, então trocou algumas palavras com o anjo de seda verde.

Outra mulher chamou sua atenção. Esta possuía um cabelo de fogo, e sardas salpicavam suas faces como brasas. Ela não se deu ao trabalho de falar em inglês ou francês, apenas tentou mímica, com movimentos bruscos. Ele teria achado isso divertido, se não estivesse com tanta dor.

Entendeu que iriam tirá-lo dali e que receberia um curativo na cabeça. Ele sinalizou, com um aceno, que tinha compreendido.

Ótimo, ótimo. Tudo bem.

Não poderia ir a lugar algum nessas condições. E lhe pouparam a tarefa desagradável de fazer o curativo ele mesmo.

Então agarrou a mão do anjo enquanto os homens o carregavam até outra sala, onde foi deitado em um banco comprido, estofado, perto da lareira. A onda de calor repentina fez com que tremesse ainda mais.

Ele sabia que deveria estar fazendo planos. Não podia perder a concentração em uma situação dessas. No mínimo deveria estar examinando a sala à procura de potenciais armas e da melhor rota de fuga.

Mas ele estava com muito frio. Com muita dor. E perdido demais no azul dos olhos dela. Escravizado pela suavidade de seus dedos. Aquele momento de sua vida precisava ser vivido em pequenos incrementos. Uma pequena ação após a outra.

O coração dele deu uma batida suave dentro do peito. Seus pulmões inspiraram dolorosamente.

Ele apertou a mão dela, macia e clara, como se dependesse do toque para se manter consciente. E talvez dependesse. Restava-lhe orgulho suficiente para não querer desmaiar na frente de uma garota bonita.

Um cobertor pesado e quente envolveu seu corpo. Mãos o viraram de lado. Em algum lugar debaixo do estofamento, uma ripa rígida de madeira pressionou suas costelas.

Alguma coisa afiada cortou seu couro cabeludo. Ele franziu o cenho e praguejou.

A mulher de cabelo de fogo falou algo em inglês enquanto destampava um frasco pequeno de vidro. O coração dele acelerou; suspeitou de que não gostaria do conteúdo do frasco. E tinha razão.

Ela virou a cabeça dele. Fogo líquido caiu sobre a ferida aberta, e dor sacudiu seu crânio, que já latejava. Sua visão periférica ficou preta. Talvez eles pretendessem torturá-lo. Mas ele não fraquejaria.

— *Corentin Morvan eo ma anv* — ele resmungou, começando a litania padrão. *Meu nome é Corentin Morvan. Eu sou um camponês humilde. Não sei de nada. Nada. Juro pela Virgem que é verdade.* A dor arrancou as palavras de sua garganta e as fez passar pelos dentes crispados.

Quando recuperou o controle da própria respiração, fitou seu anjo de seda verde. A preocupação desenhava linhas finas na testa dela. Seus olhos azuis eram poços de preocupação.

Mas ela ainda o tocava com tanto cuidado, tanta delicadeza. Essa era a verdadeira misericórdia, depois de tudo o que ele tinha feito.

Uma agulha penetrou seu couro cabeludo. Dessa vez, ele não deu atenção à dor. Teria tempo suficiente para isso mais tarde. Preferiu se concentrar na doce carícia que ela lhe fazia.

Aproximando-se, ela sussurrou algo em seu ouvido. Ele não conseguiu responder, mas pôde desfrutar do aroma de flor de laranjeira em seu cabelo. O decote do vestido era rendado. Contou os pontos e laços, deleitando-se com cada detalhe.

Deus, como ansiava tocá-la. Ela estava tão perto, era tão linda. Fazia tanto tempo que não se entregava ao desejo. Ele queria estender a mão e deslizar os dedos calejados e gelados pelo decote rendado e pela perfeição pálida da clavícula daquela mulher.

Uma dúzia de soldados armados pairava sobre ele, prontos para eviscerá-lo em um piscar de olhos se ele tivesse tal ousadia. Mesmo assim, a ideia era tentadora. Então fechou os olhos e afastou a tentação.

Quando a mulher de cabelos vermelhos terminou de dar os pontos, ela guardou seus frascos e instrumentos e falou com o oficial. Planos estavam sendo feitos. Homens foram despachados.

A garota no vestido cor de esmeralda fez que sim com a cabeça quando alguém lhe entregou um par de luvas. Luvas elegantes de couro macio, forradas de pelo. Luvas para se usar no frio.

O que significava que ela estava de partida. Eles iriam separá-lo de seu anjo. Não.

Reunindo o que restava de suas forças, ele passou um braço ao redor da cintura dela e descansou a cabeça em seu colo. Ela se assustou e ficou imóvel, mas não se retraiu. A seda fria tocou sua face, e debaixo do tecido ele sentiu o calor da pele dela.

— Só ela — ele murmurou em bretão. — Ninguém além dela. Só ela me entende. Vocês não podem tirá-la de mim.

E então ele bancou o verdadeiro idiota. E desmaiou.

— Ele apagou — Susanna disse. — De dor, provavelmente.

Violet engoliu em seco, observando o homem esparramado de modo tão indecente em seu colo. Ela pôde ver os pontos que Susanna deu para fechar o ferimento. O trabalho estava bem-feito, mas a ferida era feia. Um corte irregular, vermelho, em meio ao cabelo castanho-escuro.

Lorde Rycliff se aproximou dela.

— Vou afastá-lo de você.

— Está tudo bem. — Violet pôs a mão hesitante no ombro largo do estranho. — Ele está ferido e confuso. É natural que se apegue à única pessoa que o entende, ainda que pouco.

— Quer você o entenda ou não... — Rycliff meneou a cabeça. — Eu não confio nele.

Também não sei se eu confio, Violet pensou. Mas não estava preparada para abandoná-lo. Não até descobrir mais.

— Você tem alguma objeção a ele ficar aqui, papai? — Susanna perguntou ao pai. Todos tinham se deslocado até a biblioteca de

Sir Lewis Finch. Era o cômodo mais próximo do salão com uma lareira acesa.

— De modo algum. De modo algum — Sir Lewis respondeu. — Você sabe que eu coleciono todo tipo de curiosidade. Mas talvez seja bom pedirmos aos criados que tragam uma lona. — Ele inclinou a cabeça, observando a poça de água que crescia debaixo do homem encharcado.

— E roupas secas — Susanna acrescentou. — Alguma roupa do Bram deve servir nele.

Nesse momento, Rufus Bright e Aaron Dawes entraram na biblioteca, ofegantes devido ao esforço. Quando o estranho irrompeu no baile, Lorde Rycliff enviou alguns dos milicianos para observar a situação na enseada.

— Vocês viram alguma coisa? — Rycliff perguntou.

— Nenhum navio — Rufus respondeu, tentando recuperar o fôlego. — E está tudo tranquilo no castelo.

— Mas quando descemos pela trilha até a enseada, encontramos os restos de um barco pequeno — Dawes acrescentou. — Destroçado, e trazido pelo mar.

— Não acredito nisso — falou Finn Bright, junto a uma parede. — Vocês desceram até a enseada e não me chamaram?

— É claro que sim — disse Rufus, irmão gêmeo de Finn, sem mostrar remorso. — Nós precisávamos correr.

Finn não discutiu, só bateu a ponta da muleta no chão.

Violet ficou com pena do garoto. Todos ficaram. Finn tinha 15 anos, era inteligente e cheio de energia. O garoto tinha perdido um pé em um acidente, alguns meses antes. Na maior parte do tempo, Finn disfarçava sua frustração com uma máscara de coragem e seu bom humor característico. Mas o fato de ter um irmão gêmeo – uma cópia exata dele que ainda podia correr, marchar, escalar e dançar com facilidade – tornava tudo mais difícil.

— Um barco pequeno, você disse? — Susanna olhou para o homem no colo de Violet, que passava um pano úmido na fronte arranhada. — Ele pode ser um pescador que saiu da rota e sofreu um acidente.

Era evidente que Rycliff não acreditava nisso.

— Um pescador da Bretanha, que o vento tirou do curso e jogou em Sussex, e acabou naufragando na nossa enseada. — Ele meneou a cabeça. — Impossível.

— Impossível, não — Susanna disse. — Mas admito que parece muito improvável.

— Ele é um contrabandista, posso garantir para vocês. — Essa afirmação veio de Finn. — Separado dos colegas quando a fiscalização apareceu. Meu pai fazia negócios com essa turma. Eu sei como é.

— Um contrabandista. Nisso eu consigo acreditar — Rycliff disse. — Bem pensado, Finn.

— Fico feliz de ainda servir para alguma coisa. — Com a muleta, Finn se aproximou. Ele deu um olhar desconfiado para o estranho. — Cuidado com ele, minha lady. Amanhã, quando acordar, pode descobrir que ele sumiu... junto com toda prataria de Summerfield.

— Vou mandar chamar o magistrado pela manhã — Rycliff disse. — Enquanto isso, não podemos ignorar outras possibilidades.

— Que possibilidades? — Violet perguntou.

— Ele veio da França — Rycliff explicou como se fosse óbvio. — Pode ser um soldado ou espião à procura de locais adequados a uma invasão. — Ele baixou a voz. — Ele pode estar nos escutando neste momento.

Estaria ele escutando? Violet baixou os olhos para o homem em seu colo, imaginando se ele estaria mesmo desacordado. Para verificar, ela beliscou o lóbulo de sua orelha. Nenhuma reação.

Bem, isso era tranquilizador. Ou era suspeito?

Violet não conseguia dizer. Ela nunca tinha beliscado a orelha de um homem inconsciente, e não fazia ideia de que reação esperar. Mas também não sabia que reação esperar de um rapaz que fingia estar inconsciente. E se ele fosse bom em fingir, teria a reação oposta à que era esperada. Qualquer que fosse.

Deus, ela era uma tonta. Uma tonta que beliscava orelhas. Que ótima capacidade de dedução a dela.

— Bram, você está exagerando. — Susanna meneou a cabeça. — Com certeza Napoleão não vai invadir a Inglaterra por aqui, se nem um pequeno barco a remo consegue se aproximar sem se despedaçar nas nossas pedras.

— De qualquer modo, precisamos estar preparados. — Lorde Rycliff se voltou para Rufus Bright e Aaron Dawes. — Vocês dois vão acompanhar as mulheres de volta à pensão. Depois vão patrulhar a vila pelo resto da noite.

Assim que os dois saíram, Rycliff se voltou para o restante dos milicianos.

— E vocês vão marchar até o castelo. Existe um motivo para os normandos terem erguido a construção no alto das falésias. Aquele é o melhor lugar para se estar em caso de ataque.

— Eu vou com vocês — Finn disse.

Rycliff pôs a mão no ombro do rapaz.

— Não tão rápido. Você vai ficar aqui.

— Ficar aqui? — A voz de Finn estava marcada pela frustração. — Eu sou um miliciano voluntário. Meu lorde não pode me deixar para trás.

— Eu estou colocando você de guarda em Summerfield. Fosbury também vai ficar. Ele é o maior, depois de Dawes. E um taverneiro sabe lidar com homens inconscientes. Esta é uma tarefa importante, Finn. Vocês dois vão vigiar o prisioneiro e...

— Prisioneiro? — Susanna soltou uma risadinha. — Você está tornando isso tudo tão melodramático. Não quis dizer "o paciente"?

Seu marido a encarou com um olhar sombrio. Susanna jogou as mãos para cima.

— Longe de mim estragar sua diversão.

— Como eu dizia, Finn, você deve vigiar o prisioneiro e proteger a Srta. Winterbottom.

— Me proteger? — Violet perguntou. — Eu também tenho que ficar?

Lorde Rycliff se virou para ela.

— Preciso lhe pedir isso. É provável que o sujeito acorde. Vamos precisar de alguém que consiga falar com ele. Procure descobrir quem ele é e de onde veio.

— Mas como eu vou...

— Seja criativa. — Rycliff olhou para o homem jogado no colo dela. — Ele gosta de você. Use isso.

— Use isso? — ela repetiu. — Como assim?

Susanna interveio:

— Com certeza você não está sugerindo que Violet empregue algum tipo de artimanha feminina para conquistar a confiança dele.

Rycliff deu de ombros, admitindo claramente que, sim, essa era a sugestão.

Todos na biblioteca se voltaram para Violet e a encararam. Ela podia imaginar os pensamentos que passavam pela cabeça de todos. Seria possível que Violet Winterbottom soubesse usar alguma artimanha feminina?

Ainda que possuísse artimanhas, ela não saberia como utilizá-las. Sua melhor técnica de investigação envolvia um beliscão na orelha, e aquilo não tinha ajudado muito.

— Eu vou ficar com você, Violet — Susanna disse.

— Não vai, não — Rycliff disse à esposa. — Este dia já foi muito cansativo, com o baile e toda essa agitação. Você precisa descansar.

— Mas Bram...

— Mas nada. Não vou arriscar sua saúde, e muito menos... — O olhar dele era severo, mas carinhoso, e a mão protetora que colocou sobre a barriga da esposa deixou seu argumento evidente. Susanna precisava descansar porque...

— Ela está grávida — Violet sussurrou para si mesma.

Enquanto o casal trocava um olhar carinhoso de entendimento, Violet sentiu uma onda de alegria pela amiga. Mas também sentiu uma pontada de inveja. Susanna e Lorde Rycliff tinham, pelo que podia observar, o casamento ideal. Eles se entendiam, de modo implícito e completo. Discordavam e discutiam abertamente, e exigiam bastante um do outro e deles mesmos. Em meio a tudo isso, amavam-se. Os dois eram parceiros, não só no amor, mas na vida.

Violet pensava que suas chances de encontrar uma afinidade tão grande com alguém eram mais escassas do que água no deserto. Havia apenas um homem com quem ela tinha sonhado e que poderia conhecê-la assim tão bem, e respeitá-la como sua igual. Mas ela havia se enganado a respeito dele. E desde A Decepção, Violet não tinha... Ela perdeu a linha de raciocínio quando o homem em seu colo se mexeu, murmurando e apertando o braço em sua cintura.

Violet congelou, perplexa e imobilizada pelo surgimento de sensações há muito esquecidas. A sensação de ser tocada. De ser necessária.

Não deixe que a façam de boba outra vez.

— Então, Violet? — Susanna olhou para ela, esperando uma resposta.

— Desculpe, o que foi? — ela perguntou, sacudindo a cabeça para afastar os pensamentos.

— Você vai se sentir segura com ele? — Susanna indicou o homem adormecido em seu colo.

Cuidado, o coração dela ecoou. Cuidado, cuidado.

Ela concordou.

— Finn e o sr. Fosbury vão ficar comigo. E todos os criados da casa estão à disposição, se precisarmos deles.

E foi assim que a Srta. Violet Winterbottom, tímida contumaz, se viu como vigia na biblioteca de temática egípcia de Sir Lewis Finch, acompanhada de um garoto manco, um taverneiro e um homem desconhecido e inconsciente que podia muito bem ser um espião.

Dois criados chegaram trazendo novos cobertores e roupas secas. Enquanto os empregados cuidavam do estranho, Violet se ocupou de observar as estantes de livros que iam do chão ao teto. Sir Lewis Finch era um famoso inventor de armamentos e notório colecionador de antiguidades. Sua biblioteca guardava tesouros de todos os tipos.

Enfim, ela escolheu um compêndio ilustrado, *Pássaros da Inglaterra*, pois imaginou que não conseguiria ler de fato. Como ia passar a noite ao lado do invasor atraente e misterioso, era óbvio que sua concentração estaria comprometida.

Com sorte, essa seria a única coisa comprometida.

Quando os criados saíram, a mansão ficou silenciosa. Finn andava de um lado para outro diante da janela, de guarda, mas emburrado. Fosbury se acomodou em uma poltrona perto da lareira e começou a aparar as unhas.

Violet pegou a cadeira mais próxima do estranho inconsciente e colocou o livro em uma estante de leitura. Mas em vez de olhar para as páginas, ficou observando o estranho. Eles haviam limpado a sujeira e o sangue do rosto dele, então Violet pôde, enfim, dar uma boa olhada nele e afastar suas suspeitas absurdas.

A camisa de algodão que os criados haviam separado para o homem estava justa nos ombros dele. O colarinho, aberto, revelava a parte superior do peito. Ela não conseguiu evitar de olhar. Ele era bronzeado e musculoso, como Violet imaginava que eram todos os camponeses. Violet tinha tocado o peito nu de um homem apenas uma vez. Mas era um peito esguio, aristocrático, nem de longe tão atraente e... forte.

O nariz é uma pena, Sally tinha opinado mais cedo.

Uma pena, mesmo. Era evidente que ele tinha quebrado o nariz pelo menos uma vez, pois este tinha um desnível que parecia um degrau. Uma parte grande da têmpora e da face estava vermelha, raspada.

Violet não podia dizer que os arranhões e o nariz quebrado o tornavam menos bonito — e mesmo que o tornassem uma fração menos bonito, faziam dele mais viril e atraente. O que havia em um registro de violência visível, na pele e nos ossos, que tornava um homem tão sedutor? Ela não sabia explicar o que era, mas sentia. Ah, e como sentia.

Violet engoliu em seco. Fazia tempo que nenhum homem provocava seu interesse. Na verdade, havia apenas um cavalheiro que a tinha feito se sentir assim, e ele estava a meio mundo de distância... Estaria, mesmo?

O coração de Violet acelerou. Ela arrastou o olhar por cada fio daquele cabelo grosso e castanho, e cada faceta singularmente definida das maçãs do rosto dele. Ela se lembrou da tonalidade castanha daqueles olhos e da afinidade instantânea que sentiu quando se entreolharam no salão de festas.

Se enxergasse além dos ferimentos e da sombra escura do maxilar não-barbeado, se o imaginasse vestindo trajes de alfaiataria em vez daquela camisa grosseira... Bom Senhor, a semelhança era assustadora.

É ele, seu coração sussurrou. Mas o que o coração dela sabia? Era um órgão estúpido e fácil de enganar.

Violet balançou a cabeça. Estava imaginando coisas, só isso. Sim, os dois homens possuíam cabelos e olhos castanhos e belas maçãs do rosto. Mas as semelhanças terminavam aí. As diferenças eram inúmeras. Um era bretão; o outro, inglês. Um era musculoso, constituído para trabalho braçal; o outro, aristocrático e esguio. Um estava esparramado, inconsciente, no divã ao lado; o outro vagabundeava pelas Índias Ocidentais, sem nem se lembrar de que ela existia.

O homem ao lado não era A Decepção. Ele era o mistério. E Violet tinha uma noite para desvendá-lo.

Ela inclinou a cabeça. Era uma cicatriz sob o queixo? Fina como uma lâmina e reta, como se alguém tivesse encostado uma faca em sua garganta.

Com um olhar rápido para Finn e Fosbury, ela aproximou sua cadeira do divã. Então se inclinou, entortando a cabeça para observar melhor.

— De onde você veio? — ela sussurrou para si mesma. — O que está querendo aqui?

A mão dele se levantou, rápida, agarrando-a pelo cabelo. Violet exclamou ao sentir o puxão em mil terminações nervosas.

Ele arregalou os olhos, nítidos e intensos. Neles, ela leu sua resposta:

Você. Eu quero você.

Capítulo três

Os dois guardas caíram sobre ele em segundos. Gritando, puxando. Antes mesmo que *ele* compreendesse o que estava acontecendo.

Ele estava deitado. Semivestido. O doce rosto dela pairava sobre ele, que mantinha uma mão enrolada com firmeza na seda dourada que era seu cabelo. Não fosse o par de idiotas de casaco vermelho esbravejando, aquele podia ter sido um sonho.

Solte-a, eles gesticulavam.

Solte-a, ele disse para si mesmo.

Ainda assim, por algum motivo, não conseguiu. Os dedos dele não obedeceram. Eram puro instinto e nenhuma razão. E todos os impulsos de seu corpo queriam segurá-la com firmeza.

— *Tranquilles-vous* — ela pediu. — *Calmez-vous.*

Ficar calmo? Tranquilo? Por Deus, ele não tinha como se acalmar. Não com a voz dela flutuando sobre ele como mel silvestre, com aquele aroma de flor de laranjeira à sua volta. Seu coração disparou sob a camisa emprestada que lhe vestiram. Um pouco mais para baixo, seu membro acordou debaixo do cobertor.

Ora. Era bom saber que a coisa não tinha congelado e caído.

Por Deus, homem. Você é um animal indigno. Solte-a.

Finalmente, seus dedos se afrouxaram no cabelo dela.

Ela recuou em um instante, e então os casacos-vermelhos pularam sobre ele, dando-lhe alguns golpes – nada que ele não merecesse. Quando os dois o arrastaram para o chão, ele resistiu só um pouco. Se fosse lutar com os guardas, teria que matá-los, e não queria fazer isso.

O sujeito maior o segurou, pressionando o joelho sobre seus rins e torcendo seus braços às costas. O mais jovem amarrou seus punhos juntos com um cordão. Então, depois de conversarem um pouco, eles o levantaram e jogaram em uma cadeira pesada, de espaldar reto. E passaram uma corda ao redor de seu peito quatro vezes, prendendo-o à cadeira.

O homem permaneceu assim por vários momentos, lutando para controlar a respiração. Cada vez que inspirava, as cordas marcavam mais fundo em sua pele.

Ele percebeu a conversa do outro lado da biblioteca. Os três debatiam o que fazer com ele.

Enfim, seu anjo voltou.

— Eles queriam espancar você — ela disse em francês, sentando em uma cadeira a alguns passos de distância. — Mas eu os convenci a me deixarem tentar conversar primeiro.

Ele a encarou, tomando o cuidado de manter a expressão neutra. Sem revelar nenhum indício de compreensão.

— É seguro — ela continuou, percebendo a preocupação dele. — É seguro conversar nesse idioma. Pode confiar em mim. Não vou contar para ninguém. Meu bretão é fraco, mas meu francês é muito bom.

O francês dela era impecável. Ele poderia fechar os olhos e imaginar que ela era uma francesa. Mas é claro que não fecharia os olhos com ela tão perto. Finalmente podia admirar abertamente todos os detalhes daquele rosto lindo e encantador. Os singulares lábios de pétalas de rosa e os olhos azul-porcelana, ancorados por um nariz delicado e sobrancelhas que sempre se arqueavam com inteligência.

Ela deu um olhar furtivo para os guardas.

— Eles não vão nos entender — ela disse. — Não falam nada de francês.

Ainda assim ele hesitou. Talvez os guardas não *falassem* francês, mas poderiam reconhecer o idioma quando o ouvissem. E se percebessem que ele falava francês, informariam Rycliff, e então seria sujeitado a um interrogatório. Não temia ser questionado, mas não podia admitir novos atrasos.

Ela fitou seus olhos.

— Eu sei que você me compreende. Vejo em seus olhos. Eu também gostaria de compreendê-lo.

Deus. Ela falava aos desejos mais ternos de seu coração.

— *Et bien* — ele disse com suavidade. — Vamos entender um ao outro.

Ela puxou a cadeira para mais perto dele, bloqueando em parte a visão dos milicianos. Ainda assim, os guardas estavam perto demais. Ele precisaria se portar com muito cuidado. Enquanto os dois estivessem sendo observados, não poderia dizer nada em qualquer idioma que pudesse ser ouvido, lembrado e decifrado mais tarde.

— Por que você não quer me dizer quem é? — ela perguntou em francês.

— Meu nome é Corentin Morvan — ele respondeu. — Sou um simples camponês bretão.

Uma sobrancelha se ergueu. Ela não acreditou nele.

— Como você veio parar aqui? — ela perguntou.

— Eu atravessei os campos.

— A partir da enseada?

Ele aquiesceu.

— E como você veio parar na enseada?

— Usando um barco.

Ela soltou a respiração com um pequeno suspiro de frustração.

— Você está brincando comigo. Quer me provocar?

— Não posso evitar. É um grande prazer, provocar uma bela garota.

Um rubor aqueceu as faces dela. O desejo repentino de tocá-la era quase insuportável, tornando tenso seus músculos e seus dedos, agitados. Ele se arranhou nas cordas.

— Se você não me responder com sinceridade — a voz dela ficou severa —, vou alertar Lorde Rycliff de que você fala francês. Então ele irá arrancar as respostas a socos.

— Socos não vão arrancar nada de mim. — Ele meneou a cabeça. — Mas por outro gole daquele vinho e seu toque, *mon ange*? Receio que isso me faria trair minha própria mãe.

Violet lhe ofereceu o copo de vinho, levando-o aos lábios dele. Ele curvou o pescoço para beber, encarando-a enquanto o fazia.

Quando ela baixou o copo, um fio diminuto de vinho escorreu. Ela estendeu a mão por instinto, enxugando a gota errante com o polegar, tocando de leve no canto de sua boca.

Uma cascata de puro êxtase cintilou dentro dele. Como estrelas tremeluzindo na escuridão da noite. Rodopiando pelos lugares ocultos de seu corpo; por seu coração, sua alma.

— Você é muito gentil, *mademoiselle*. — Ele inclinou a cabeça e a observou de um novo ângulo. — É *mademoiselle*? Não *madame*?

Ela torceu os lábios.

— Não sou casada, se é o que está perguntando.

— Noiva?

Ela negou com a cabeça.

— Você é especial.

— Não sou especial. Sou quase uma... — Ela fez uma pausa. — Não sei a palavra em francês. Sou solteira porque ninguém me pediu em casamento.

— Ninguém a pediu? — Ele deu um estalo com a língua. — Os ingleses são tolos.

— E parece que camponeses bretões são paqueradores e libertinos. Não pense que eu não sei o que você está fazendo. Está querendo me distrair, mudar de assunto.

— Nada disso. Seu estado civil é um assunto que eu quero mesmo discutir.

Ela suspirou.

— Eu lhe peço que seja sério. Você precisa me contar a verdade. Não percebe? Lorde Rycliff vai chamar o magistrado pela manhã.

— Magistrados não me assustam.

— Eu estou assustada por você.

Ele fitou os olhos azuis dela e viu que era verdade. Ela se importava com ele. Talvez se importasse igualmente com qualquer alma perdida, errante. Mas neste momento, isso não queria dizer nada. Ela se importava, ele podia sentir em sua alma.

— Por que você veio até Spindle Cove esta noite? — ela perguntou.

— Eu... — ele pigarreou. — Eu tinha um encontro.

— Um encontro? Com quem?

Ele deslizou um olhar penetrante pelo corpo dela.

— Com um anjo, ao que parece.

Ela estalou a língua.

— Mais brincadeiras.

— Não estou brincando. Estou aqui por sua causa.

— Se não é brincadeira, é apenas uma grande mentira.

Ele arrastou a cadeira para frente, desesperado para encurtar a distância entre eles. Então falou em voz baixa, com sinceridade, das profundezas de seu coração frio e sofredor.

— Estou aqui por você, *mon ange*. Violet. Eu atravessaria o mundo por você.

Violet congelou.

Quando conseguiu se recuperar, murmurou quatro palavras. Em inglês.

— Você sabe meu nome.

A expressão dele não demonstrou compreensão. Ele se recostou na cadeira e piscou.

Ela tentou de novo:

— Você me conhece.

Nenhuma reação.

As mãos de Violet, que ela mantinha sobre as pernas, fecharam-se em punhos. Ela não compreendia. Se ele a conhecia e precisava de ajuda, por que não dizia isso? Mas se fosse mesmo um estranho, como sabia seu nome?

Do outro lado da sala, o Sr. Fosbury ergueu os olhos.

— Algum progresso, Srta. Winterbottom?

Bem. Essa dúvida estava respondida. As amigas dela não a chamaram pelo nome a noite toda? Começando com Kate e Susanna no salão de festas, e terminando com o Sr. Fosbury naquele instante. O nome Violet Winterbottom estava longe de ser um segredo.

Violet se levantou.

— Estou com dificuldade para compreendê-lo — ela disse para o taverneiro, dando-lhe um sorriso constrangido. — Quem sabe um pouco de chá não me ajuda a me concentrar?

Ela levantou e foi até a mesa onde as criadas tinham colocado o serviço de chá, serviu-se de uma xícara fumegante e cheirosa enquanto sua cabeça trabalhava.

Era fácil explicar como ele sabia seu nome. Mas isso não explicava a intensidade nos olhos dele. Não explicava o modo fervoroso como ele a afetava. Não explicava a pinta assustadoramente familiar abaixo da orelha esquerda.

Violet. Eu atravessaria o mundo por você.

Pensar nisso fez um arrepio percorrer sua pele.

Era impossível, impensável. Mas quanto mais observava aquele homem, e falava com ele, mais Violet tinha certeza de que ele era A Decepção.

Ela fechou os olhos. Era hora de parar de se esconder daquele nome. Tinha certeza de que era Christian. Havia diferenças, sim, mas as semelhanças eram numerosas, e sua reação a ele era tão forte que Violet começou a acreditar que devia ser *ele*.

Ainda assim... se *fosse* Christian, o que estava fazendo ali, e não nas Índias Ocidentais? Por que ele se daria ao trabalho de remar até a enseada, atravessar os campos e afirmar que era um camponês bretão? Podia simplesmente ter chegado de carruagem, batido na porta e dito "Sou Christian Pierce, terceiro filho do Duque de Winford". Ele não teria nenhuma dificuldade para falar com Violet, se assim o desejasse. Mas ele não desejava fazê-lo há quase um ano.

Christian não teria atravessado o mundo por ela. Ele nem mesmo se deu ao trabalho de atravessar a praça para se despedir com dignidade.

Enquanto mexia o açúcar no chá, ela olhou de lado para o homem moreno e intrigante amarrado à cadeira. Talvez o invasor não soubesse quem ele próprio era. Talvez estivesse louco de pedra ou sofresse de amnésia.

Ela deixou a colher cair na bandeja, exasperada com as voltas que seu raciocínio dava.

— Sério, Violet — ela murmurou para si mesma. — Amnésia?

Ela voltou para sua cadeira, sem saber o que pensar nem o que esperar.

— Aceita chá? — ela perguntou em francês.

Ele fez uma careta.

— Vinho faz mais o meu feitio.

— Muito bem. — Ela lhe ofereceu vinho, levando o copo até seus lábios. Ele tomou um gole lânguido, encarando-a o tempo todo. Violet observou o pescoço não-barbeado se movimentando enquanto ele engolia. A visão lhe pareceu íntima e sensual.

Quando ela baixou o copo, o olhar quente dele percorreu seu corpo.

— Cheguei a uma conclusão, *mon ange*. Os ingleses não são apenas tolos. São perfeitos idiotas.

Um rubor quente subiu por seu peito.

Violet, concentre-se.

— Parece que chegamos a um impasse — ela disse. — Você se recusa a revelar seus segredos. Então pensei que... talvez eu deva revelar um dos meus.

Ele arqueou a sobrancelha.

— Você... tem segredos?

— Ah, sim. — Ela olhou ao redor. — Este lugar, Spindle Cove, é um refúgio para jovens doentes ou fora dos padrões da Sociedade. Garotas não-convencionais.

— E que tipo de jovem você é?

— Sou do quarto tipo. Escandalosa.

Ela bebericou o chá, ganhando tempo. Após um ano em silêncio, iria mesmo contar *aquela* história *daquela* forma? Mas Violet não conseguiu pensar em um modo melhor de testá-lo.

— Um ano atrás — ela disse — eu entreguei minha virtude. Facilmente. Para um homem que não me fez nenhuma promessa de casamento, nem mesmo sugeriu. E quando ele me deixou, eu fugi para cá. Porque tive medo de me ver grávida e sozinha, e não queria que ninguém soubesse o que eu tinha feito.

Ela observou com atenção a reação dele. Mas assim como com o beliscão na orelha, ela não sabia que reação esperar. O maxilar tenso mostrava preocupação. Os olhos arregalados sugeriam surpresa.

— Você não contou para sua família? — ele perguntou.

— Eu nunca falei disso com ninguém. Até agora.

E nunca ficou mais fácil carregar aquele segredo. Pelo contrário. Toda vez que ela se sentia tentada a dividi-lo com alguém, era como se cobrisse o segredo com mais uma demão de resina. Acrescentando camada após camada, às vezes diariamente, até que a verdade se tornou um caroço pesado em seu peito.

— Seu receio de uma gravidez...

Ela sacudiu a cabeça.

— Não se concretizou. Mas é evidente que não sou nenhum anjo.

— Você... — Ele se inclinou para frente, o máximo que as cordas permitiam. — Você continua sendo um anjo. O homem que fez isso com você? Ele é um demônio.

— Ah, sim. — Ela deu um sorriso contido. — O diabo que mora ao lado. Eu o conhecia a vida toda, e o adorei em segredo durante a maior parte do tempo. Quando éramos mais novos, ele me provocava sem dó. Então veio uma época longa em que ignorava minha existência. Sempre pareceu ser demais para mim. Mas então, de algum modo nos tornamos amigos. Levávamos nossos cachorros para passear no parque quase todos os dias. Enquanto os cães corriam, nós conversávamos. Ele sabia do meu interesse por línguas estrangeiras. E também tinha dom para idiomas. Ele tinha o hábito de colecionar pequenas frases e me testar com elas. "Bom dia" em letão, ou "obrigado" em javanês.

Eu tenho uma nova para você, Violet. Tão obscura. Você nunca vai adivinhar qual é.

Ainda assim, ela sempre adivinhava. Às vezes demorava vários dias pesquisando na biblioteca, mas sempre encontrava a tradução.

— Isso? — O homem bufou. — Isso foi suficiente para você se apaixonar por ele?

— Eu pensei que tínhamos encontrado algo em comum. — Ela deu de ombros. — Bem, não posso dizer que tenha sido apenas admiração pelo intelecto dele, porque também era muito lindo.

— Lindo como?

Ela deu um sorriso tímido.

— Muito mais bonito do que você, se é isso o que está perguntando. O *nariz* dele era reto. O maxilar estava sempre muito bem barbeado. O cabelo nunca tinha um fio fora do lugar. Nenhuma preocupação pesava na testa dele.

— Você faz com que ele pareça um pavão.

— Acho que, durante um tempo, ele era mesmo. Mas depois mudou. O irmão dele morreu na guerra e isso afetou toda a família. Ao longo de poucos meses eu vi a transformação de um jovem mulherengo despreocupado em um homem que estava sofrendo com o peso de uma tristeza imensa. — Ela resistiu à tentação de desviar o olhar. — Eu sofria ao vê-lo sofrer.

— E esse demônio tirou vantagem de sua bondade.

— Eu... eu não tenho tanta certeza.

Violet nunca soube ao certo os motivos dele naquela noite. Ele estava mesmo determinado a seduzi-la ou as coisas apenas foram acontecendo?

Naquela noite houve uma festa na casa da família dele. Só uma pequena reunião entre parentes e amigos – a primeira aparição para a Sociedade após meses de luto. Violet ficou escondida em um canto, como sempre. Observando-o de longe, para variar.

E então ele levantou os olhos e a viu. Viu de verdade. Do modo como Violet sempre rezou para que ele a enxergasse. Os olhos castanhos dele pareciam explorar as profundezas da alma dela, descobrindo todos os seus anseios, seus sonhos, temores e desejos... e, acima de tudo, descobrindo seu amor por ele.

Pelo menos era o que ela quis acreditar. Mas, pensando melhor, talvez ele estivesse apenas olhando *através* dela, *além* dela. Como se Violet fosse um tipo de portão que Christian precisava atravessar, pois o resto da vida dele estava do outro lado. Quando ele cruzou a sala na direção dela, sua atitude era tão determinada.

Eu tenho um livro para você, Violet. Venha, está lá em cima.

E assim ela o seguiu. No meio da escada, ela fez uma piada sobre como aquilo era indecoroso. Mas os dois eram velhos amigos e ninguém teria maus pensamentos a respeito dos dois. Violet conhecia a casa dele tão bem quanto a dela, e parecia bobagem que nunca tivesse visitado o quarto de Christian. Ele nem mesmo morava mais ali. Nos últimos anos, estava morando em um apartamento do outro lado da praça.

Ele a conduziu para dentro do quarto e fechou a porta. Uma onda repentina de calor tomou seu corpo e sua mente.

Cadê o livro?, ela perguntou.

Não tem livro nenhum, ele disse.

Então ele a tomou em seus braços.

O beijo, aquele primeiro toque mágico dos lábios dele nos dela... como queria poder voltar no tempo e revivê-lo. Ela tinha sido pega completamente desprevenida, após uma década ansiando por este momento. Todos aqueles anos desejando, esperando e praticando... com a palma da mão... desapareceram no ar em um instante. Porque estava *acontecendo*.

Violet sentiu a própria vida correndo à frente dela, deixando-a sem fôlego enquanto a perseguia. Cada etapa e descoberta a tomava de surpresa. As mãos dele nos seios dela. Depois a *boca* de Christian em seus seios. A tontura momentânea que sentiu quando ele a deitou de costas na cama. O peso dele, pressionando-a no colchão.

Espere, ela quis pedir. *Me dê um momento para eu me concentrar.*

Mas Violet não disse nada, porque o conhecia muito bem. Se manifestasse a mínima insegurança, ele interromperia seus carinhos. E isso teria sido uma tragédia.

Ela também queria aquilo. Cada beijo, cada carícia. Queria tudo que havia. *Tudo dele.*

— O que você disse? — ela perguntou, voltando-se para o presente. — Se foi um jogo de sedução impiedosa ou um simples erro?

O homem fez uma careta de deboche e soltou uma série do que pareceram ser palavrões em bretão.

Violet olhou na direção de Finn e Fosbury, tranquilizando-os com um sorriso tranquilo.

Quando falou de novo, manteve a voz baixa e a atitude calma:

— Não foi contra a minha vontade, se é o que está pensando. Eu estava disposta.

— Mesmo assim. Ele foi um demônio por ter se aproveitado de você. E um tolo por abandoná-la.

— Ele foi uma decepção, eu diria. É assim que passei a chamá-lo para mim mesma: A Decepção. Doía muito pensar nele pelo nome.

— A Decepção. — Ele bufou de novo. — Foi assim tão ruim?

— Não foi ruim. — O rosto dela ficou vermelho.

— Mas não foi bom.

— Pelo que eu vim a compreender, foi o mais agradável que uma mulher pode esperar... em sua primeira vez. Algumas partes foram maravilhosas. Poderia ter melhorado da segunda vez, mas...

Mas ele se foi. Christian foi embora da Inglaterra no dia seguinte.

Embora quase um ano tivesse se passado, as vísceras dela sofreram o mesmo choque e a mesma dor da traição. Sentiu um aperto na barriga e seu coração deu uma batida oca.

— O pai dele comprou terras em Antígua, e ele foi vistoriar a propriedade. Não veio me contar pessoalmente; só me mandou um bilhete. Eu nunca mais o vi. *Essa* foi a decepção.

— Canalha covarde.

— Eu também fui covarde — ela falou enquanto encarava a xícara de chá. — Ele não me fez promessas. Não lhe contei dos meus sentimentos. Talvez não tivesse percebido que eu queria algo mais.

— Ele sabia. É quase certo que sabia. — Ele baixou o rosto, à procura do olhar dela. — Seu coração está estampado em sua face, *mon ange*. É isso que torna seu rosto tão lindo.

A pulsação dela acelerou. O que ele queria dizer? O que significava tudo aquilo?

Ela desejou poder reunir todo o calor e toda a compaixão nos olhos dele e pesar em algum tipo de balança. Daria o peso de uma preocupação por educação ou algo mais? Culpa ou penitência, talvez? Quem sabe amor?

— Você fala muito bem para um humilde camponês bretão — ela disse.

Ele ignorou a provocação.

— Você foi maltratada e sofreu muito. Mas eu estou aqui.

— É. Você está aqui. Mas não sei se posso confiar em você. Até eu ter certeza de que sim, preciso tratá-lo como um inimigo. Uma ameaça à minha segurança e a dos meus amigos.

— Venha cá. — Ele inclinou a cabeça, instando-a a se aproximar.

Com um olhar cauteloso para Finn e Fosbury, ela se inclinou para frente. Até poder sentir o calor do hálito dele na curva exposta e vulnerável de seu pescoço. O coração disparou dentro do peito.

— Se conseguir que fiquemos sozinhos — ele sussurrou —, eu conto tudo para você.

Capítulo quatro

Sozinhos?

Violet sentiu o coração bater mais forte e recostou na cadeira, observando o homem amarrado. Desafio cintilava nos olhos dele. Aquele homem lhe pedia para arriscar sua própria segurança, e a de seus amigos, embora não tivesse lhe dado nenhuma razão para confiar nele.

Muito bem, então. Se não podia confiar nele, Violet não tinha escolha senão confiar em si mesma. Precisava seguir seus instintos.

Decisão tomada, ela levantou e se virou para os guardas.

— Sr. Fosbury? Finn? Fiz uma descoberta importante. Nosso prisioneiro fala francês. E muito bem, na verdade.

Ela olhou para o estranho. Os olhos dele já não cintilavam mais. Estaria se sentindo traído? Muito bem. Faria bem a ele experimentar esse sentimento.

— Diabos. — Desajeitado, Finn deslizou do parapeito em que estava. — Eu sabia. Bom trabalho, Srta. Winterbottom.

— Na verdade — Violet disse —, nosso prisioneiro manifestou o desejo de confessar tudo. Mas só vai falar com o comandante.

Finn se endireitou.

— Precisamos informar Lorde Rycliff imediatamente.

— Vamos mandar uma dupla de criados até o castelo — disse Fosbury.

— Criados? — Finn repetiu. — Bobagem. — Apoiando-se na muleta, o jovem abotoou o casaco. — Eu mesmo vou.

— Ora, Finn — Violet disse em tom maternal. — Eu sei que você está frustrado com as limitações que vieram com seu ferimento, mas essa missão não é para você. Não pode...

— Eu *posso*. E vou. Me perdoe, Srta. Winterbottom, a única coisa frustrante é ter a vila toda me tratando como criança. — Ele levantou a muleta e a apontou para o relógio decorado de Sir Lewis — Volto em menos de uma hora com Lorde Rycliff a reboque. Escrevam o que estou dizendo.

Com uma reverência apressada, o jovem saiu. Violet e o Sr. Fosbury deram de ombros.

— Ele vai ficar bem, Srta. Winterbottom — disse, enfim, o taverneiro. — O garoto tem fibra.

— Ah, eu sei.

Ela se virou para a janela e, tentando conter sua satisfação, observou a silhueta de Finn se afastando. Aquilo havia sido melhor do que ela esperava.

Um a menos. Falta um.

Ela tinha uma hora. Durante esse tempo, faria o melhor para ter alguns segundos a sós com Christian, ou Corentin, ou quem quer que fosse. Ela queria ouvir o que ele tinha a dizer. Violet precisava saber a verdade. Mas não deixaria que ele a fizesse de boba.

Agora, o que fazer com Fosbury? Ela se virou para o taverneiro.

— Não sei quanto ao senhor, Fosbury, mas um lanche me cairia bem.

O homenzarrão se esticou e passou a mão na barriga.

— Agora que a senhorita falou, estou com bastante fome.

— Eu detestaria acordar as criadas a esta hora. Por que você não pega algo para nós na cozinha?

Fosbury parou de passar a mão na barriga. Violet ficou imóvel e segurou a respiração.

— Mas e se ele... — Fosbury inclinou a cabeça na direção do homem amarrado — ...tentar alguma coisa enquanto eu não estiver aqui? Estou a cargo da sua proteção.

— Tenho certeza de que vou ficar bem. Ele está amarrado na cadeira.

Ele refletiu a respeito, mas no fim negou com a cabeça.

— Não. Não posso deixá-la sozinha com ele, Srta. Winterbottom.

— *Uma ova* — Violet murmurou.

— Perdão?

— Ah... eu... falei das ovas. Você sabe. Eu só estava pensando em toda a comida que deve ter sobrado da festa. E nas...

— Ovas de peixe — ele terminou para ela.

— Sim, nas ovas. — Deus, como ela se sentiu inacreditavelmente estúpida. — E no rosbife. No ganso. Nas frutas cristalizadas. Naqueles pães recém-assados. Nos bolos que o senhor trouxe da casa de chá, com cobertura e tudo... — Ela suspirou. — Que pena pensar que tudo isso vai para o lixo.

— Bem... — Fosbury olhou para o homem amarrado na cadeira. — Acho que podemos levá-lo conosco.

O taverneiro desamarrou a corda que prendia o prisioneiro à cadeira. As mãos do homem permaneciam atadas às suas costas.

Fosbury o empurrou para frente.

— Você... andando.

Violet levantou o candelabro e foi na frente até a cozinha da casa. Como ela desconfiava, a bancada estava abarrotada de pratos cobertos de comida que tinha sobrado da festa interrompida.

Não havia cadeiras na cozinha, apenas bancos de três pernas. Fosbury sentou o prisioneiro em um banco perto da ponta da mesa e amarrou suas pernas às do banco. Se o estranho se inclinasse demais para o lado, cairia no chão. Se fosse para frente, cairia de cabeça em uma tigela de vinho quente.

— Por favor, sente-se Sr. Fosbury! — Violet exclamou. — O senhor está sempre servindo os outro na Touro & Flor. Esta noite eu vou lhe servir.

— É muita gentileza sua, Srta. Winterbottom. Acho que vou mesmo me sentar. — O taverneiro desabou sobre um banco na extremidade da mesa.

Violet pegou alguns pratos e foi percorrendo as fileiras de travessas, servindo-se de lagosta, fatias de carne e bolos cobertos de açúcar. Quando ela terminou de empilhar as delícias, dispôs um prato diante do Sr. Fosbury. Ele balbuciou um agradecimento, pegando um pãozinho com uma mão e espetando uma cauda de lagosta com a outra.

Em seguida, ela encheu duas taças generosas com vinho quente e colocou uma diante de Fosbury. O taverneiro tomou um grande gole.

No lado oposto da mesa, ela colocou o outro prato diante do prisioneiro. O mistério. Era hora de ver como ele se desvendaria.

Ela falou com ele de novo em francês.

— Você deve estar com fome.

Ele olhou para o prato e deu de ombros, chamando atenção para o fato de que suas mãos continuavam amarradas às suas costas.

— Devo comer feito um cachorro?

— Você sabe que não posso soltá-lo. Muito menos deixar que chegue perto de um garfo e uma faca.

— Então quem sabe você não faz a gentileza de me dar a comida?

Uma expressão de fome se formou no rosto dele. Fome de quê, ela não quis imaginar.

Violet dobrou uma fatia fina de presunto e, segurando-a com a pontinha dos dedos, ofereceu-a a ele.

— Mais perto — ele pediu.

Com um suspiro, ela obedeceu, estendendo o braço mais alguns centímetros.

Ele baixou a cabeça e beijou o punho dela. Uma fagulha de calor escaldou a pele delicada e ela puxou a mão.

— O quê...

— Não grite — ele foi rápido em murmurar. — Não grite. Está feito. Já acabou. Eu não pude resistir. Estou faminto, *mon ange*. Há dias que não como de verdade. Mesmo assim, não pude resistir a você. Foi só dessa vez. — Ele fechou os olhos por um instante. — Não vai acontecer de novo.

Ela estendeu o braço, mas não tanto. Ele não tentou beijá-la nem fazer qualquer outro ato de libertinagem dessa vez, apenas pegando o presunto com os dentes e o devorando. Ela lhe deu então uma fatia dobrada de bife e um pedaço de lagosta — e os dois desapareceram com rapidez. Ele não tinha distorcido a verdade a esse respeito. Estava mesmo faminto — talvez literalmente. Ela sentiu um aperto de preocupação no coração.

— Vinho? — ela ofereceu, estendendo a mão para a taça que tinha enchido.

Ele negou com a cabeça enquanto engolia.

— Só pão, por favor.

Enquanto pegava o pão, ela olhou para a outra ponta da mesa. Fosbury tinha um garfo em uma mão, vinho na outra, e alternava sua atenção entre as duas coisas.

Essa era a chance dela.

— Este é o máximo de privacidade que posso conseguir. Rycliff vai chegar em menos de uma hora. Eu gostaria de poder ajudar você, mas precisa me contar a verdade.

Cauteloso, ele olhou de relance para Fosbury.

— Meu nome é Corentin Morvan. Sou um humilde camponês.

— Mas... — Ela não conseguiu se segurar e sussurrou: — Você não é Christian?[1]

Uma expressão de choque tomou o rosto do prisioneiro, que praguejou. Então ele baixou a cabeça e iniciou um murmúrio contínuo de palavras apressadas.

Violet conteve a respiração e prestou atenção, ansiosa para entender a confissão dele... até reconhecer o que ele falava. Era a prece que os católicos costumavam recitar antes de todas as refeições.

— É claro que sou cristão. — Com um sorriso envergonhado, ele levantou a cabeça. — Obrigado, *mon ange*. Esquecer a prece no Natal? — Ele estalou a língua. — O que você vai pensar de mim?

— O quê, não é mesmo?

Violet pensou que enlouqueceria, isso sim. Mas ela não podia simplesmente exclamar: "Desculpe, mas você não é Lorde Christian Pierce, o homem que cresceu na casa ao lado da minha e tirou minha virgindade no inverno passado?". Além de ser extremamente humilhante, fazer uma pergunta dessas seria uma estupidez. Ela podia lhe dar todo presunto que havia na mesa, mas ele não podia lhe dar as respostas que queria ouvir. Pois nunca teria certeza de que ele estava falando a verdade.

Ela partiu um pedacinho de pão e o estendeu para ele.

---

[1] Em inglês, Christian significa "cristão".

— Seu francês é muito bom. Você fala sem qualquer sotaque bretão. Em toda minha vida, só conheci um homem com esse talento para sotaques.

Nenhuma resposta. Nenhuma palavra de confirmação, nenhum olhar de cumplicidade. Ele só deu de ombros e mastigou.

Era isso, então. Violet desistiu.

Mais uma vez, sua natureza confiante estava fazendo dela uma tola. A lógica costuma dizer que a explicação mais simples normalmente é a correta. Nesse caso, a explicação era que ela possuía uma imaginação hiperativa. E que aquele homem era um estranho. Algum tipo de criminoso que esperava se safar da certeza de ser preso por meio da manipulação de uma moça tímida e sua ingênua expectativa de romance.

Exasperada, ela estendeu a mão para a taça de vinho. Já que ele não queria, ela mesma tomaria.

— *Attends* — ele disse, brusco. — Não tome.

Ela baixou a taça.

— Por que não?

— É Natal. Você deveria fazer um brinde.

Dando de ombros, ela levantou a taça.

— *Joyeux noel* — ela disse, irônica.

A taça estava quase chegando aos lábios dela quando o prisioneiro a interrompeu de novo:

— *God jul.*

Ela parou, confusa.

— Isso é... "Feliz Natal" em norueguês?

Ele concordou e continuou:

— *Kala Christouyenna.*

— A mesma coisa, em grego. — O coração dela perdeu o ritmo dentro do peito.

— *Feliz Natal.*

— Fácil demais. Português.

Violet se pegou sorrindo. Feito uma boba, mas não pôde evitar.

Finalmente, ele estava admitindo sua identidade, de forma tão veemente como se tivesse pronunciado o próprio nome. E então ela entendeu; ele vinha lhe dizendo isso desde que caiu a seus pés no salão de festa e sussurrou: "*Nedeleg laouen*".

Eu tenho uma nova para você, Violet. Tão obscura que você nunca vai adivinhar.

— Eu sabia. — Afoita, ela pôs o vinho de lado. — Oh, eu sabia que tinha que ser você!

De repente, ele se aproximou, ficando bem perto.

— Feliz Natal, Violet.

Então a beijou, roçando os lábios nos dela, em uma carícia tão doce e inebriante quanto da primeira vez em que a beijou, quase um ano antes. E como da primeira vez, ela não conseguiu encontrar forças para resistir.

— Ei! O que está acontecendo? — Fosbury pôs a taça de vinho vazia com força sobre a mesa. Ele afastou a cadeira e se levantou. — Afaste-se dela.

— Acho que não. — Christian levantou de repente. Ele passou um braço pela cintura de Violet. Com a mão direita, ele empunhou uma grande faca. — Fique parado aí.

Violet soltou uma exclamação e fitou os dedos dele, curvados ao redor do cabo reluzente da faca.

— M-mas você estava amarrado.

— Eu me soltei.

— Onde você conseguiu uma faca?

— Estamos em uma cozinha. Não foi difícil. — Christian não tirou os olhos de Fosbury, e ficou movimentando a faca para frente e para trás. — Não se preocupe, não vou machucar você. Vamos ficar aqui parados por mais um ou dois minutos, até seu amigo ficar com muito, muito sono. Não vai demorar.

Violet logo entendeu o que ele queria dizer. Enquanto ela observava, Fosbury levantou a mão. Lentamente. Bêbado.

— Você! — Ele apontou um dedo trêmulo para Christian. — *Você naum... sabe falar ingleisss.* — Com a fala arrastada, ele colocou uma sílaba extra e vários "s" em "inglês".

Christian sorriu.

— No momento, eu falo melhor do que você.

— *A maum!* — Fosbury grunhiu. Parado no mesmo lugar, ele oscilou para frente e para trás. — *Tire. As mauns. Da siorita Win...* — Ele deu um passo em falso à frente. — *Siorita Winterbumbum.*

Fosbury parou de falar. Ele piscou algumas vezes enquanto fitava Violet.

— *Siorita Winnerbuum?*

Então o homenzarrão desabou no chão frio.

— Oh! — Violet correu na direção de Fosbury.

— Ele está bem. — Christian se agachou ao lado dela junto ao corpo inerte. —E vai ficar bem quando acordar. Amanhã estará com um pouco de dor de cabeça, mas sem nenhuma lembrança ruim.

— Você o envenenou?

Ele tirou do bolso um frasco de vidro marrom vazio.

— É só láudano. Tirei do kit de primeiros-socorros da sua amiga. Achei que poderia ser útil. Joguei no vinho quando vocês não estavam olhando.

— Minha nossa, Christian. — Ela olhou para o frasco e depois para ele de novo. — *Christian.*

— Sim, querida. Sou eu. — Ele a tocou no rosto. — Não me reconheceu de imediato?

— Eu... eu *pensei* ter reconhecido. Depois fiquei em dúvida. E quando achei que tinha certeza, você me fez duvidar de novo. Você foi tão insistente naquela bobagem de camponês, e já faz quase um ano. Você mudou.

E as mudanças não foram apenas físicas. As diferenças iam além do nariz quebrado e da cicatriz abaixo do maxilar. Esse novo Christian era mais forte, sombrio. Até mais perigoso. O homem que um dia ela tinha adorado era diabólico, sim, mas nunca teria ameaçado com uma faca – e muito menos drogado – um membro da milícia britânica.

Ela nunca sentiu medo do antigo Christian. Mas esse homem diante dela fazia seus pelos da nuca ficarem eriçados. Mesmo confirmando a identidade do até então estranho, Violet não conseguia imaginar como ele tinha aparecido ali, e muito menos por quê.

E ela ainda não tinha ideia se ele merecia sua confiança.

— Você tem que me contar o que está acontecendo.

— Eu já vou explicar. — Ele se colocou atrás de Fosbury e o pegou pelos braços, arrastando o corpo inconsciente. — Primeiro você me ajuda com isto?

— Eu... eu acho que não devo.

Christian continuou sem a ajuda dela, puxando o miliciano desacordado até a despensa e largando-o entre as latas de cenoura e nabo.

— Alguém está te perseguindo? — Resignando-se, ela foi atrás dele e tentou dar conforto ao adormecido Fosbury empregando um saco de farinha como travesseiro. — Você fez algo que não deveria? Viu algo que não podia ter visto? Pegou alguma febre tropical que prejudicou seu cérebro?

Ele fez com que Violet se erguesse.

— Eu vou lhe contar tudo que posso. Eu juro. Mas não temos muito tempo. Eu não deveria ter sido visto, e agora tenho que desaparecer de uma vez. Mas não antes de aproveitar minha chance de fazer isto.

Ele passou os braços ao redor dela, puxando-a para perto. Quando seus corpos se encontraram, ele deixou escapar um gemido baixo de prazer. Ele deu beijos curtos na testa e no rosto dela.

— Deus, é tão bom abraçar você. Não faz ideia do quanto eu sonhei com isto. Do quanto sonhei com você.

Violet não podia acreditar. Christian tinha sonhado com ela? E todas aquelas noites em que *ela* ficou acordada, derramando lágrimas amargas por ele, conjecturando por que tinha ido embora tão de repente, e se ela teria conseguido fazer com que ficasse.

Ele disse que tinha *sonhado* com ela. Ainda assim, não mandou nenhuma notícia em quase um ano. Apenas apareceu, encharcado e sangrando, no meio de uma festa de Natal, murmurando em uma língua estrangeira.

Ela meneou a cabeça.

— Não entendo.

Ele a beijou com tanta paixão que o sabor do vinho quente amorteceu sua consciência. Por um instante, foi maravilhoso. A língua dele persuadiu a de Violet, estabelecendo um ritmo. Ele exigia; ela cedia. Ele provocava; ela fazia o mesmo. Como se aquele beijo fosse a valsa que eles nunca dançaram. O namoro que os dois nunca tiveram. As verdades que nunca discutiram.

— *Violet*. Minha doce e linda Violet.

Agarrando as costas do vestido de Violet, ele moldou o corpo dela ao seu. A musculatura sólida de sua coxa pressionando entre as coxas dela. Os seios de Violet amassados contra o peito dele. O calor de Christian queimando-a através das camadas de algodão e seda.

Lá ia Christian de novo, provocando os sentidos de Violet. E por mais que o corpo dela quisesse se deixar levar...

— Não, pare. — Ofegante, ela colocou a mão entre eles e se afastou. O coração dele trovejava em sua palma estendida. — Não posso deixar você me confundir. Eu preciso de respostas.

A respiração dele estava difícil. Fechando os olhos por um instante, ele concordou com a cabeça.

— Eu sei. Você as terá.

Em algum lugar ali perto, uma porta rangeu. Talvez no corredor de serviço.

Christian virou a cabeça na direção do ruído e passou o braço pela cintura de Violet. Em um movimento rápido, ele a puxou para os fundos da despensa.

— Não se mova — ele murmurou na orelha dela. — Nem um som.

— Rycliff não pode estar de volta. Ainda não. É provável que seja apenas um criad...

Ele cobriu a boca de Violet com a mão.

— Shhh...

Ela tentou afastar a mão dele e gritar suas objeções na palma calejada... sem qualquer efeito. Ele a tinha sob controle.

Eles ouviram os sons de alguém assobiando baixo enquanto se movimentava pela cozinha. Louça tilintou ao tocar no estanho. Uma porta de armário rangeu ao ser aberta, depois fechada.

Enquanto isso, Christian a mantinha grudada no corpo dele, com um braço ao redor de seu abdome e outro cobrindo a boca. O coração dele ribombava de encontro à coluna vertebral dela, e os sons abafados continuavam na cozinha. O braço dele não afrouxou em nenhum instante, mas o polegar começou a se mover para cima e para baixo, acariciando de leve as costelas dela.

Ele baixou a cabeça, encostando a face na testa dela.

— Desculpe — ele disse com um sussurro quase inaudível. Então, beijou-a na orelha.

Oh, não. Tenha misericórdia.

Foi um roçar muito leve dos lábios dele no lóbulo de sua orelha, que sentiu em todo o corpo. Os joelhos dela viraram pudim. As solas dos pés formigaram. Calor desceu pelo espartilho. E o coração... O coração ameaçou explodir para fora do peito. Seu corpo todo – seu ser inteiro – estava profundamente ciente do dele.

Ninguém mais conseguia deixá-la tão radiante. Ninguém mais conseguia causar tanta dor em Violet.

No momento, ela era prisioneira dele. Uma vez, foi sua amante. No futuro... só Deus sabia.

Aos pés deles, Fosbury grunhiu e se mexeu enquanto dormia. Inconsciente, ele chutou uma caixa. Um balde de leite caiu no chão frio com estardalhaço.

A cozinha ficou em silêncio.

— Tem alguém aí? — um homem perguntou.

Ela reconheceu aquela voz. Pertencia a Sir Lewis Finch.

Christian manteve firme a mão que cobria a boca de Violet, mas o outro braço soltou-se lentamente da cintura dela. Ele pegou alguma coisa.

A faca. Quando ele a ergueu no escuro, Violet viu o gume reluzir, brilhante e afiado.

Oh, não. Não, não, não.

A pulsação dela ultrapassou a de Christian, seu coração, frenético.

O pai de Susanna não representava mais perigo do que uma borboleta-das-couves. Mas Violet não podia dizer isso para Christian enquanto este mantinha sua boca fechada. E ela não podia permitir que ele atacasse ou ameaçasse Sir Lewis.

Passos se aproximavam rapidamente da despensa, na direção do esconderijo deles. Violet precisava fazer algo, e logo.

Ao pegar a faca, ele tinha deixado livres os braços dela. Violet juntou as mãos e usou toda sua força para mirar uma cotovelada, acertando em cheio o esterno de Christian.

— Uf! — Ele recuou e emitiu um som estranho de espanto, informando-a de que tinha obtido sucesso em deixá-lo sem ar.

Ela se livrou da mão dele e correu para a porta da despensa.

❄

Maldição.
Christian não teve escolha senão deixá-la ir.

Teria ele conseguido convencê-la? Eles só tinham estado sozinhos por alguns minutos. Droga, ele deveria ter passado mais tempo se explicando e menos a beijando. Mas Christian não conseguiu se conter.

Ele segurou a respiração, esforçando-se para ouvir. Ela pretendia traí-lo ou protegê-lo? Na verdade, ele merecia uma punição, pois tinha traído a confiança dela há quase um ano.

— Ora, Sir Lewis — ele ouviu Violet dizer casualmente. — Não esperava encontrá-lo acordado.

Sir Lewis?

Sir Lewis. O coração de Christian falhou quando percebeu o que quase tinha feito. A querida e doce Violet. Mais uma dívida para se somar às outras que ele tinha com ela. Um momento atrás, o instinto defensivo dele quase atropelou seu bom senso. Violet o impediu de esfaquear Sir Lewis Finch – um dos heróis civis mais condecorados da Inglaterra – com uma faca de cortar carne.

Colocando a arma de lado em silêncio, ele ouviu Violet e o velho trocarem algumas palavras. Era evidente que o inventor idoso não estava conseguindo dormir. Ele tinha permanecido trabalhando até tarde em seu laboratório.

— Está trabalhando em algum novo tipo de arma? — Violet perguntou. Christian reconheceu na voz dela a tentativa de demonstrar interesse para disfarçar.

— Não, não — ele começou. — Não é a expectativa da batalha que me mantém acordado, mas a expectativa de um neto. — Papéis farfalharam. — Eu estava desenhando o projeto de um berço. Com um mecanismo de corda e manivela, está vendo? A manivela pode ser girada apenas algumas vezes e o berço balançará por horas.

— Ora, isso é muito inteligente — Violet respondeu. — O senhor deve estar muito satisfeito.

Christian sorriu. Ele sabia que Violet se referia à satisfação de ser avô, mas o velho inventor a compreendeu mal.

— A mecânica da ideia é viável — disse Sir Lewis. — Vamos torcer para que eu consiga fazer a coisa funcionar. A propósito, como está nosso hóspede?

Seguiu-se um silêncio. Todos os músculos de Christian ficaram tensos.

— Dormindo profundamente — ela respondeu, afinal. — Só vim pegar alguma coisa para comer.

Ele soltou o ar. *Obrigado, Violet.*

Sir Lewis e Violet continuaram pegando comida e conversando. Na despensa, Christian apoiou o corpo em uma prateleira de madeira enquanto tentava acalmar a respiração.

Depois de algum tempo, Sir Lewis saiu da cozinha. Christian esperou até que os passos do homem ficassem inaudíveis. Então aguardou vários segundos mais.

— Ele foi embora — ela o informou com um sussurro alto.

Quando Christian emergiu da despensa, Violet não se virou para ele. Ela manteve a cabeça baixa, olhando fixamente para as mãos que descansavam, espalmadas, sobre o balcão de ladrilhos.

— Obrigado — ele disse, aproximando-se dela em silêncio.

— Não me agradeça. Eu fiz isso para proteger Sir Lewis. — Ela levantou o queixo e o encarou. — Não decidi ainda o que fazer com você. Estou pensando em expô-lo completamente, a menos que me conte toda a verdade de uma vez.

— Eu contei a verdade. Durante a maior parte do ano que passou, vivi como um camponês bretão chamado Corentin Morvan. Não fui para as Índias Ocidentais como todo mundo acreditava.

— Mas por quê?

— Você é uma mulher inteligente. — Ele inclinou a cabeça. — Com certeza não preciso dizer com todas as letras.

— Então Lorde Rycliff estava certo. Você é um espião.

Ele concordou.

— Da Inglaterra, eu espero? ela murmurou.

— Violet. Não acredito que você precisa me perguntar isso.

— Bem, o que eu devo pensar de você? Por que está aqui, então?

— Por sua causa. Por você, querida. Isso também é verdade. — Ele praguejou baixinho. — Eu não pretendia que tudo acontecesse deste modo. Foi um erro idiota naufragar na enseada. E o pior é que fui visto por muita gente esta noite. Quando cheguei aqui, estava com tanta dor, com tanto frio, que mal sabia o que estava fazendo.

Meu único pensamento – que durante algum tempo achei que fosse o último – era você.

Ele estendeu a mão para Violet, mas o olhar severo que ela lhe deu fez com que recuasse.

— Eu vim só para ver você, na esperança de a afastar do grupo para conversar, para termos alguns momentos a sós. No mínimo lhe deixar um bilhete.

Ela soltou uma exclamação indignada.

— Outro bilhete?

— Uma carta de verdade. — Ele passou a mão pelo cabelo. — Violet, eu só preciso de uma oportunidade para me explicar. Do modo como eu deveria ter feito antes de ir embora, no ano passado. E depois preciso voltar para o meu navio, de algum modo. — Ele coçou a nuca. — Imagino que você não saiba onde eu posso arrumar algum tipo de...

— Espere. Christian, se você está mesmo trabalhando a serviço da Coroa, não precisa se esgueirar dessa forma. Ninguém é mais leal à Inglaterra do que Lorde Rycliff. Por que não falamos, juntos, a verdade para ele? Rycliff vai ficar feliz em ajudar.

— Não posso me arriscar. — Ele meneou a cabeça. — A menos que seja um tolo, ele nunca vai acreditar apenas na minha palavra. E se eu perder o navio...

— O quê? Se você perdesse o navio, o que poderia acontecer?

— Eu seria descartado, provavelmente. Corentin Morvan não existiria mais. Não sou lá muito importante, então meu desaparecimento seria mais um inconveniente do que outra coisa. Mas todos os meus laços seriam cortados. Eu seria obrigado a voltar para casa, em Londres, e a carreira que tenho hoje estaria terminada.

— Isso não me parece lá uma tragédia. Você bem que merece um pouco de humilhação.

— Talvez eu mereça mesmo, mas um pouco de humilhação é o melhor resultado possível.

— E o pior?

Ele deu de ombros e soltou um suspiro longo e baixo.

— Ser acusado de traição?

— Oh. — Rugas de preocupação cortaram a testa dela. — Não podemos deixar que isso aconteça. Sua família já sofreu tanto.

Sim, Christian pensou. *Com certeza todos sofreram muito.* E ele a adorou por entender isso. Por pensar neles.

— Vou ajudar você — ela disse. — Vou ajudá-lo pelo bem deles. Do que você precisa?

As mãos dele desceram dos ombros até os pulsos dela. Deus, ela era tão macia. A voz de Christian ficou rouca de emoção.

— Eu preciso de você, Violet. Só um pouco de tempo com você. Preciso ter você de novo nos meus braços, e beijá-la, e dizer para você que fica linda de verde. Preciso fazer com que você entenda por que eu...

— Não, não, não. — Ela fechou os olhos, depois os abriu de novo. — Eu não estou falando *disso*. Se precisa chegar até o seu navio pela manhã, quais são suas necessidades materiais?

— Preciso de um bote, do meu casaco e de botas. E de uma arma, se isso for possível.

Ela concordou.

— Vamos cuidar primeiro dessa última parte. Venha comigo.

Capítulo cinco

Uma arma, se isso for possível.

Christian riu de sua própria tolice. É claro que seria possível conseguir uma arma. Ele estava na casa de Sir Lewis Finch, o inventor de armas de fogo mais celebrado da Inglaterra. Enquanto Violet o conduzia pelo corredor, ele viu armas da famosa coleção de Sir Lewis cobrindo todas as paredes. Lanças, maças, foguetes, espadas, adagas... E armas de fogo. Aos montes.

Violet o levou até um quarto estreito e escuro nos fundos da casa. O chão de pedra fez com que as solas de seus pés descalços ficassem gelados.

— Esta é a sala das armas — ela sussurrou, entregando a ele o castiçal.

— Sem dúvida. — Do chão ao teto, prateleiras guardavam uma variedade de reluzentes mosquetes, rifles, pistolas e muito mais. Ele estendeu a mão para pegar uma brilhante pistola Finch de cano duplo. — Meu Deus. Esta coisa é uma beleza.

— Não! — ela exclamou. — Não toque nisso. Não pode ir pegando qualquer coisa. Não vou deixar que roube Sir Lewis.

Christian olhou ao redor.

— Acredito que ele nem iria notar que eu roubei algo.

Ela levantou uma das sobrancelhas claras.

— Ele notaria, sim. E eu notaria. — Ela foi até uma estante na extremidade da sala e escolheu uma pistola pequena. — Não vou deixar que roube, mas pode ficar com esta.

Christian examinou a arma. Era uma pistola de cano simples, bem básica. Mas parecia estar em excelentes condições.

— Por que esta?

— Porque esta eu posso dar para você. É minha.

Ele riu, surpreso.

— Sua?

— Isso mesmo. — Ela pegou um polvorinho e mediu com habilidade uma carga. — Quando o tempo está bom, temos uma programação aqui em Spindle Cove. Às segundas-feiras, caminhamos no campo. Às terças, banho de mar. Passamos as quartas-feiras no jardim. E às quintas... — ela enfiou uma bala de chumbo no cano — ...nós praticamos tiro.

Ele assobiou baixo por entre os dentes.

— Eu pensava que Spindle Cove fosse um lugar onde as jovens ladies vinham para ser... solteironas. Ler livros. Bordar. Usar meias grossas e vestidos horrendos.

— Bem, você estava errado a respeito deste lugar. E de nós.

— É evidente que estava. — Ele a observou, estupefato, enquanto Violet revirava a arma limpa e azeitada em suas mãos delicadas. — Deus, Violet. Eu sempre soube que você era a garota certa para mim.

— Por favor — ela ironizou. — Você nunca soube nada disso.

— Falando sério, eu... — Com o estalido inesperado, ele teve um sobressalto. — Minha nossa.

Ela tinha engatilhado a arma e a apontado bem para o coração dele.

— Violet...

Não tente nada. Eu sei usar isto.

— Não duvido.

Ele engoliu em seco. As mãos dela nem tremiam.

— Na noite do debute da sua irmã — ela disse. — Eu tinha acabado de sair da escola, mas meus pais me deixaram ir, desde que eu não dançasse. Você vestia um traje azul-marinho, calças cáqui e uma faixa dourada na cintura. E calçava botas hessianas novas. Tinha um lenço de bolso brocado, que perdeu em algum momento entre a quadrilha e a ceia. Agora eu, como estava?

— Você... como *estava*? — ele perguntou. Ela empurrou a arma para frente e ele levantou as mãos. — Você quer que eu lembre o que você vestia?

Ela fez que sim com a cabeça.

— Eu vestia o crepe marfim ou o percal azul?

Christian revirou as mãos no ar.

— Não sei... O azul? Não, o marfim.

— Nenhum dos dois. Eu estava usando meu vestido amarelo de seda indiana.

— Eu nem sabia que você tinha um vestido amarelo de seda indiana.

— *Exatamente*. Você nem sabia. Nunca reparou em mim. Eu assistia a você correndo atrás das mulheres elegantes durante suas férias de Oxford. E eu ouvia os boatos escandalosos que nossas irmãs fofocavam durante a temporada de debutes. — Ela firmou a pistola e deu um passo na direção dele. — Então não minta para mim agora. Você não vai me fazer acreditar que eu sou a única mulher que você sempre quis.

— Tem razão. Tem razão. Não vou nem tentar. — Fazendo o possível para ignorar a pistola, ele a encarou no fundo dos olhos. — Mas vou lhe dizer isto, com toda honestidade: Violet, você é a única que eu realmente amei.

Ela continuou imóvel.

— *Amou*. Você espera que eu acredite que me amou.

— Sim.

— Desde quando?

— Eu... eu não sei o momento exato em que isso aconteceu, querida.

— Porque nunca aconteceu de verdade.

— Espere, espere. Minha falta de certeza tem um toque de honestidade, não é mesmo? Você tem que concordar. Se eu estivesse mentindo, pelo menos me daria ao trabalho de inventar alguma história.

— Talvez você tenha exaurido sua imaginação com a lorota do camponês bretão. — Ela fez um movimento com a pistola. — Vire-se e ande. Pelo corredor. Vou estar logo atrás de você.

— Por quê? — Ele olhou para ela por cima do ombro.

— Eu quero algumas respostas, mas não confio em você nesta sala. Armas demais.

— Garota esperta — ele murmurou ao se virar para frente.

Ela manteve o cano da arma encostado nas costas dele enquanto os dois atravessavam o corredor. A cada passo, o cérebro dele trabalhava para encontrar as palavras certas a serem ditas.

Raios, Christian não conseguia lembrar com exatidão quando tinha começado a sentir aquele afeto profundo pela garota tímida e despretensiosa da casa ao lado. Ele sabia dizer o dia em que se deu conta do sentimento, mas desconfiava de que essa história só teria aumentado a raiva dela.

Porque envolvia outra mulher.

E aconteceu em um salão de festas, muito parecido com aquele para onde Violet o fazia seguir nesse momento. Em um dos bailes à fantasia mais escandalosos de seus pais, ele começou a flertar com uma mulher livre — sem nenhum motivo especial. Ela estava pintada de alvo de tiro, e todos os jovens presentes flertaram com ela. Então ela disse para Christian, com o sorriso da experiência: *Não vou perder meu tempo com você, que é como um cachorrinho. Vai babar em mim e brincar comigo durante algum tempo, mas depois vai crescer e se tornar fiel a uma garota como aquela.*

Ela apontou o leque para o canto onde estava Violet Winterbottom.

Fiel? Fiel a Violet Winterbottom?

Christian soltou uma gargalhada, classificando a ideia como absurda. Mas a ideia, por mais impertinente que fosse, não foi esquecida. Ela o acompanhava, pairando ao seu redor como uma nuvem de fumaça de charuto enquanto Christian saía para suas noitadas de esbórnia com os amigos. Até que, enfim, ele parou de ficar fora até tão tarde e começou a acordar cedo para levar os cachorros para passear.

E para ver Violet.

Porque, de repente, ele tinha começado a *enxergar* Violet. A apreciar que mulher inteligente e intensa ela tinha se tornado. Ela possuía um dom verdadeiro para idiomas – que Christian soube reconhecer, pois também era muito bom nisso. E ela gostava de um desafio.

Ele descobriu que a companhia de Violet era um modo estimulante de começar toda manhã. E teve um dia em que a cachorrinha da irmã dela os levou a uma perseguição em meio aos arbustos... o que lhe permitiu admirar uma Violet corada e ofegante, com os olhos cintilando de bom humor, apesar dos babados rasgados e da barra do vestido enlameada. Foi então que ele começou a pensar que a companhia de Violet poderia ser um modo estimulante de terminar todas as noites.

Logo ele já não conseguia pensar em outra coisa, além de tê-la em sua cama, em sua vida. Não só na parte pública de sua vida – composta de jantares, visitas sociais e passeios na praça ensolarada. Mas também nas partes íntimas e discretas da vida.

— Suas botas e seu casaco estão ali. — Ela apontou a pistola para o canto. — Vá em frente, coloque-os.

Ele obedeceu.

— Violet, eu tinha intenções com você. Boas! Eu planejava cortejá-la da forma correta, no momento certo. — Ele se interrompeu por um instante enquanto lutava com as botas. — Não vi motivo para me apressar. Mas então...

Ele baixou lentamente o pé calçado até o chão.

— Frederick? — ela perguntou em voz baixa.

— Frederick — ele concordou.

Christian inspirou fundo, lembrando o dia em que lutou para se aproximar da parede de tijolos e vasculhar a lista de mortos em busca do nome do irmão. E lá estava, em letras pretas no papel branco. *Lorde Capitão Frederick St. John Pierce.* Um torpor atingiu Christian como uma marreta. De certa forma, o assombro ainda não tinha passado.

Ele engoliu em seco.

— Você foi uma amiga tão boa para nós, quando perdemos Frederick.

Ele lembrou do modo como ela foi até sua casa, entrando como se pertencesse à família. Ela ficou com suas irmãs na sala de estar, lendo jornais e revistas em voz alta, ajudando-as a receber as visitas que apareciam para prestar condolências. E, todas as manhãs, ela levava os cachorros das duas casas para passear.

— Eu procurei ser uma amiga da família. — Seu tom de voz mudou, e ela baixou a pistola. — Mas estava preocupada com você, Christian. Você mudou, e eu fiquei muito aflita.

Ele tinha mesmo mudado. Para melhor, de muitas maneiras. O pai dele sempre enfatizou a importância de servir à Coroa e ao país. George era o herdeiro; Frederick era um oficial do exército. Mas a facilidade de Christian com línguas se prestou a uma forma especial de serviço: espionagem. Não havia muito *glamour* ou emoção na tradução de panfletos políticos ou das cartas eventualmente interceptadas, mas Christian estava feliz por fazer sua pequena parte nos bastidores.

Ele enfiou os braços nas mangas do casaco ainda úmido.

— Estou trabalhando para a Coroa há algum tempo. Minha tarefa principal é fazer traduções, e trabalho em Londres mesmo. Mas depois que pegaram Frederick...

— Ele também era um espião?

— Não, não. Frederick sempre foi o que parecia. Um camarada honesto e honrado. Ele não podia ter morrido tão jovem. Assim que soubemos da morte dele, comecei a pressionar por uma missão de campo. — Ele riu. — E foi o que me deram, literalmente. Fui deslocado para um campo de trigo. O fazendeiro é simpático à Inglaterra, e o que mais faço é trabalhar como camponês. De vez em quando, ajudo a levar pacotes e papéis de um ponto a outro. Não é muito, mas...

— Mas o quê?

Ele passou a mão pelo rosto.

— Depois que Frederick morreu, eu não conseguia mais ficar em Londres, com a bunda em uma cadeira confortável. Precisava fazer *alguma coisa*. Você consegue entender?

A expressão dela se suavizou.

— Eu consigo entender. E teria entendido, se você tivesse me contado tudo.

— Eu fiz um juramento de confidencialidade. Só meu pai sabe a verdade.

— Eu não teria contado para ninguém — ela disse. — Sou perfeitamente capaz de guardar um segredo. Nunca contei a ninguém sobre... sobre nós.

— Eu sei.

Christian atravessou o espaço entre eles e, em silêncio, a convidou para se sentar no chão. Ali, no centro do salão de festas vazio. Ela dobrou as saias do vestido esmeralda debaixo das pernas e descansou a pistola sobre as coxas. Ele sentou de frente para ela, apoiando um braço no joelho dobrado.

— Violet, o modo como eu a tratei foi imperdoável. Tenho vivido com essa culpa desde então. Eu sabia que iria embora. Não senti que podia lhe fazer qualquer promessa, mas não consegui partir sem ter você em meus braços pelo menos uma vez. Eu não pretendia ir tão longe, mas no calor do momento... — Ele esfregou o rosto. — Sinceramente, desconfio que parte de mim sempre quis arruinar você. Para que continuasse à minha espera quando eu voltasse. Isso diz muito sobre a minha noção de dignidade, mas é a verdade.

— É horrível.

— Eu sei. — Ele enrugou a testa. — Não sei como posso lhe pedir perdão. Eu fui um canalha desavergonhado. E sei que foi mais uma decepção que causei a você... Não foi... bom.

— Bem. — Ela torceu o canto da boca. — Não foi *ruim*.

Ele riu baixo, só para mitigar a pontada em seu orgulho. Então as lembranças daquela noite emergiram em sua mente, expulsando qualquer outra emoção. O modo como ela colocou a mão em seu rosto, bem no momento em que os dois se uniram. O gesto mais doce, coroando o mais puro êxtase.

Afastando a barra do vestido, ele passou a ponta de um dedo ao longo do tornozelo coberto pela meia. Ao toque, ela parecia tão suave, tão doce. Em sua juventude desperdiçada, Christian tinha passado os dedos por muitas meias de seda, mas agora... Fazia quase um ano que ele não acariciava nada tão refinado.

Neste momento, ele não era um sedutor autoconfiante. Christian era um camponês humilde, grosseiro, com a mão debaixo da saia de uma lady bem-nascida. Em uma casa cheia de pessoas que dormiam e podiam despertar a qualquer momento. O prazer era deliciosamente proibido. A onda de excitação foi tão potente quanto a própria vida. E o farfalhar das anáguas dela foi o som mais excitante que ele já tinha ouvido.

Incapaz de resistir, Christian subiu a mão pela panturrilha de Violet. Encostou a ponta de dois dedos na concavidade atrás do joelho. Um pulso quente palpitava sob seu toque.

— Christian... — A voz dela estava ofegante. Carente.

Ele deveria ir embora, foi o que disse para si mesmo. Deveria partir antes que a milícia voltasse, ou tudo estaria acabado. Sua carreira – e talvez sua vida, também – dependia de ele partir rapidamente.

Mas sua alma precisava daquele momento.

Ele se aproximou um pouco mais, descansando a cabeça no ombro dela.

— Me dê mais uma chance, Violet. Eu tenho tão pouco para lhe oferecer, e nós temos tão pouco tempo. Me deixe lhe dar prazer, pelo menos. — A mão dele subiu mais pela perna dela. — Me deixe mostrar como pode ser gostoso.

❄

Enquanto ele acariciava sua coxa, Violet soltou o ar de seus pulmões em um suspiro longo e lânguido.

— Violet. — Os lábios dele roçaram seu pescoço.

Aquilo estava mesmo acontecendo? Ela estava mesmo deixando aquilo acontecer de novo?

Enquanto ele beijava seu pescoço, Christian empurrou-lhe o queixo para cima. Violet deixou a cabeça cair para trás – uma rendição implícita. Enquanto a língua quente dele desenhava padrões sensuais na pele dela, Violet fitava o esplendor natalino do salão de festas. Os candelabros apagados no teto acima. Festões vermelhos e verdes adornavam as colunas, e estrelas douradas de metal pendiam das vigas do teto.

Ele baixou a cabeça até o decote dela, aninhando o rosto na parte superior dos seios. Christian pôs beijinhos ao longo da pele exposta. Enquanto isso, os seus dedos exploravam a suavidade do lado de dentro da coxa de Violet. O toque dele, embora mais grosseiro do que antes, ainda a deixava molhada e excitada. Como naquela primeira noite.

— Me deixe mostrar para você — ele murmurou. — Eu posso lhe dar tanto prazer.

Ele deslizou a mão entre as pernas dela.

Oh. Oh, tão bom.

Os mamilos dela se transformaram em bicos tesos quando ele a tocou. Violet se mexeu um pouco, deixando os mamilos roçarem na fronteira imposta pelo espartilho. Ele a provocava, e Violet provocava a si mesma. Tornando a dor tão doce, tão boa. Tornando tudo pior.

— Isso — ele gemeu, afastando as dobras das calças dela. — Desta vez eu vou fazer ser bom para você.

Essas palavras deram em Violet o choque de realidade de que ela precisava. Ele iria fazer com que fosse bom para ela. Como? Usando seu corpo e depois indo embora pela manhã?

— Pare. — Ela fechou as coxas, prendendo os dedos dele. — Pare.

Ele continuou beijando o colo dela.

— Querida, eu prometo, desta vez vou fazer com que seja gostoso para você. Mais do que gostoso. Vamos alcançar o êxtase juntos. Uma alegria maior do que você jamais sonhou.

Ele estendeu os dedos aprisionados, tentando alcançar a intimidade dela.

Violet apertou mais as coxas.

— Sério? Você acredita mesmo que pode aparecer aqui esta noite, tagarelar sobre um monte de bobagens em uma língua estrangeira, drogar meu guarda e, apesar de como me tratou da última vez, me convencer a me deitar e levantar as saias para você? Aqui, no chão, no meio de um salão de festas? Você acha mesmo que sou tão boba?

— Bem, eu...

Ela fungou.

— É claro que você acha que sou uma boba. Por que não acharia? Afinal, eu sou a mesma garota que o seguiu até seu quarto e lhe entregou a virtude enquanto seus pais jogavam cartas na sala – sem nem me propor casamento sob as cobertas, muito menos me fazer qualquer declaração de amor. Não deveria ser muito difícil me seduzir esta noite. É isso o que você está pensando?

— Não. — Ele sacudiu a cabeça. — Não, eu...

— Eu sou uma tonta. — A voz dela estava trêmula. — É fácil demais me enganar. Burra demais para conseguir parar e pensar nas consequências. Estúpida demais para saber o que é um orgasmo. "Oh, Violet" — ela o imitou. — "Deixe-me lhe mostrar como pode ser gostoso." Bem, permita-me mostrar uma coisa para você, Christian.

Ela levantou a pistola e a encostou na têmpora dele, que se encolheu.

— Violet, pelo amor de Deus.

— Tire sua mão daí. Agora. — Ela relaxou os músculos da coxa só o suficiente para que ele conseguisse soltar a mão.

Christian foi inteligente e obedeceu.

— *Você* vai me ouvir por um minuto. — Ela inspirou fundo, afastando-se pelo piso de tacos encerado até colocar um metro de distância entre os dois. Com mãos firmes, ela manteve a pistola apontada para o peito dele. — Eu adorei você. Minha vida toda, eu o venerei. Nunca lhe pedi nada. Nenhuma promessa, nem que me cortejasse. Eu lhe entreguei minha virtude. Eu lhe dei minha confiança. E você me abandonou com um *bilhete.*

A boca dele se contorceu em uma expressão que demonstrava arrependimento. Ele passou a mão pelo cabelo.

— Eu estou tão...

— Vinte e seis palavras! — ela disparou, com o sussurro mais alto que conseguiu. — Eu lhe dei minha virgindade, e você me deixou *vinte e seis palavras* rabiscadas.

— Pensei que dessa forma seria mais fácil para você. Para que pudesse me odiar e esquecer.

— Eu odiei mesmo você. Eu o odiei por me fazer sentir uma mulher boba e vulgar. Eu o odiei por me fazer sentir tanta vergonha, e me distanciar da minha própria família. E me odiei por permitir que isso tudo acontecesse. Mas esquecer? Como eu poderia esquecer? — Ela piscou para conter as lágrimas. — Você partiu meu coração em vinte e seis pedaços naquele dia. Mas sabe de uma coisa, Christian? Ao longo dos últimos meses, aqui em Spindle Cove, eu juntei e costurei todos esses pedaços.

Enquanto falava, Violet se deu conta de como isso era verdadeiro. Ela não sabia dizer o dia em que deixou A *Decepção* de lado e recomeçou a viver. O processo de cura foi lento, gradual. Às vezes doloroso. Mas de algum modo, enquanto se distraía com banhos de mar, passeios pelo campo e lições de tiro – e nada de bordado – o impossível tinha acontecido: seu coração tinha sido remendado.

— Eu sou uma garota diferente agora — ela disse, aprumando-se. — Uma garota mais forte. Diabos, não sou mais uma garota. Sou uma mulher.

A boca dele se curvou em um sorriso contido de admiração.

— Consigo perceber.

— Então você deveria entender, e acreditar em mim, quando lhe digo isto: não vou deixar que me machuque de novo.

Ele a encarou durante um bom tempo. Quando falou, sua voz estava calma.

— Eu entendo e acredito em você. Há muitas coisas que eu gostaria de lhe dizer, mas prefiro não falar sob a mira de uma arma. Se lhe der minha palavra que não tocarei em você, poderia abaixar a pistola?

Ela negou com a cabeça.

— Violet. — A voz dele assumiu um tom mais sombrio. — Eu sou capaz de desarmá-la, se quisesse. Mas poderia machucá-la. E prefiro não fazer isso de novo.

Ela expirou lentamente. Depois deitou a pistola nas pernas. Essa era a concessão máxima que Violet faria a Christian.

— Estou ouvindo.

Ele se aproximou um pouco.

— O modo como lhe tratei é indesculpável. Eu mereço seu desprezo. Estou vendo que você mudou, e isso me deixa muito contente. Você está mais corajosa, mais forte e mais linda do que nunca. E quero que saiba que eu também mudei nesse tempo em que estivemos separados. Ainda que eu não esteja mais lindo. — Estendendo o braço lentamente, ele pegou a mão dela e a levantou até seu rosto, fazendo com que a ponta dos dedos deslizasse pela encosta acidentada de seu nariz. — Consegue sentir isto?

— Foi quebrado.

Ele concordou.

— Duas vezes. De propósito, como parte do meu treinamento. Eu tive que praticar a dor, sabe? Para que aprendesse a responder apenas em bretão, nunca em inglês. — Ele fechou a mão dela, formando um punho, e o bateu devagar em seu nariz. — *Corentin Morvan eo ma anv*. Meu nome é Corentin Morvan. — Ele passou um dedo dela na cicatriz em seu pescoço. — *Me z zo um tamm peizant*. Eu sou um humilde camponês. — Ele apontou dois dedos dela para seu coração, como uma pistola. — *N'ouzon netra*. Não sei de nada. Juro pela Virgem que é verdade.

— Isso parece tortura.

— E era, mas foi necessário. Para minha própria segurança, e para manter os outros em segurança. — Ele beijou a mão dela e a manteve entre as suas. — Eles arrancaram aquele filho de duque inexperiente e despreocupado de dentro de mim e deixaram no lugar um camponês humilde. Mas nunca tiraram você do meu coração. — Ele a encarou no fundo dos olhos. — Eu te amo.

O coração dela ribombou dentro do peito.

— Eu te amo, Violet. Eu te amava quando tudo aconteceu e eu te amo agora. E acredito que nunca vou parar de te amar.

As palavras dele a emocionaram a ponto de deixá-la muda e paralisada. Oh, como Violet queria acreditar nele. Mas isso não fazia nenhum sentido. Enfim, ela conseguiu menear de leve a cabeça.

— Não pode ser verdade.

— Mas é. Acredite em mim, meu amor. Eu tive que lidar com tanta sujeira, literalmente, nesse ano que passou, que perdi toda paciência com o sentido figurado. — Christian virou a palma da mão dela para cima e a observou, como se ali pudesse ler a sorte *dele*. Com o polegar, ele desenhou um círculo no centro da palma. — Eu fiquei mais humilde, de muitas formas. Sou uma engrenagem minúscula, substituível e sem importância, dentro de uma máquina imensa. Aprendi o que é trabalhar duro durante horas intermináveis e comendo muito pouco.

Ela acreditou nessa parte sem questionar. As provas eram evidentes. Quando esteve encostada nele, na despensa, sentiu como o corpo de Christian estava mais magro, todo pele e músculos. O rosto estava bronzeado e curtido pela exposição regular ao sol. E as mãos... Violet sentiu os calos enquanto ele deslizava o polegar sobre sua palma.

— Acima de tudo — ele continuou —, me tornei mais humilde devido à minha imensa e inevitável estupidez. Minha colossal arrogância. Pensei que poderia passar aquela noite com você e partir, incólume, para cumprir minha missão. Eu estava errado. Tão errado. Violet. Eu pensava em você todos os dias. E sonhava com você todas as noites. Ansiava por você sempre que ficava sozinho, e vasculhava as cartas que recebia de casa à procura de notícias su...

— Cartas de casa? Mas você disse que sua família não sabia onde você estava.

— E não sabia mesmo. Eles escreviam para um endereço em Antígua, e as cartas eram redirecionadas. De tempos em tempos eu ganhava uma folga para "visitar minha mãe", o que significava uma viagem até nossa base regional. Lá eu ficava em uma saleta onde lia as cartas e escrevia as respostas. Era a única oportunidade que eu tinha de ler e escrever em inglês. Ou de ler qualquer coisa, para ser sincero. Faz um ano que não leio nenhum livro.

— Oh, que privação horrível — ela disse sem nenhuma ironia. Para Violet, ficar sem livros seria uma provação tão grande quanto ficar sem comida.

Em uma das cartas, minha irmã mencionou que você tinha vindo para Spindle Cove. — Ele soltou a mão dela e estendeu a sua para acariciar o rosto de Violet. — Eu adorava pensar que você estava logo ali, do outro lado do Canal. Acima de tudo, adorava saber que você não tinha se casado com outro homem.

— Eu não me casei *ainda*, você quer dizer. Minha família perdeu a paciência comigo. Minha mãe decidiu que devo voltar a Londres e arrumar um marido. A carruagem da família vem me buscar amanhã.

— Eu sei — ele disse, rouco. — É por isso que decidi vir esta noite. Acho que teria atravessado o Canal a nado, se não tivesse outro modo.

— Mas como foi que você chegou aqui, afinal?

— Na semana passada foi o dia de ler a correspondência. E lá estava uma carta da minha irmã. Ela dizia que você voltaria para Londres, e que a grande missão dela seria casar você na próxima primavera. Quando li essas palavras, meu coração pesou como uma pedra. Nós tínhamos uma embarcação pequena que faria a travessia até Hastings. Eu usei todos os favores que me deviam e invoquei o nome do meu pai várias vezes. Fiz tudo que podia, menos me ajoelhar e implorar. Afinal, recebi permissão para a viagem, e quando chegamos perto de Spindle Cove, peguei o bote para chegar até a praia. Essa parte não aconteceu como planejado. Destruí o bote ao bater em uma pedra. Eu preciso encontrar um barco novo a tempo de alcançar o navio antes de ele partir, ao amanhecer. Mas antes de ir...

Ele se aproximou de onde ela estava sentada no chão, envolvendo-a com braços e pernas.

— Como faço para convencer você a me esperar? Sou um terceiro filho, não vou herdar nada. Minhas possibilidades materiais sempre foram modestas, e agora estraguei minha beleza.

Violet abriu a boca para falar, mas ele a interrompeu com um beijo rápido e intenso, que a deixou atordoada, latejando – um pouco estimulada em certos lugares.

— Não consigo imaginar a vida sem você, Violet. Não vou pedir sua mão ainda. Mas se puder me dizer que vai esperar, só até esta guerra insana acabar, e me dar a chance de conquistá-la, esse vai ser o melhor presente de Natal que eu já ganhei.

Ela o encarou, tentando decifrá-lo. Christian tinha contado uma bonita história para ela naquele salão de festas. Uma história que fazia dele um herói e tanto – servindo a Coroa para vingar o irmão morto, amando-a em segredo o tempo todo. Ela queria muito acreditar nele. E foi exatamente esse desejo desesperado de acreditar que a fez duvidar do próprio bom senso. Ele já tinha feito isso antes, fazendo-a se sentir valorizada e adorada em uma noite, para então partir no dia seguinte sem explicações. Ela demorou quase um ano para se recuperar.

Talvez ela não fosse o verdadeiro motivo para ele ter vindo. Talvez Christian estivesse apenas usando Violet mais uma vez, dizendo o que ela queria ouvir, dando-lhe as sensações que ela queria sentir... tudo para que pudesse conseguir o que precisava e ir embora. Com sua própria percepção embotada por anos de admiração, como ela poderia ter certeza?

Acima deles, o candelabro tremeu e balançou.

Christian arregalou os olhos.

Passos.

Eles se afastaram um do outro em silêncio. Christian apagou a vela com os dedos. O cheiro acre da fumaça da vela pairava no ar.

O tilintar do candelabro parou quando os passos cessaram.

Violet segurou a respiração, sem ter certeza do que fazer. Ela podia gritar e pedir ajuda. Christian seria capturado, detido e interrogado. Ela obteria a verdade. Ou podia confiar nele, apesar de todas as evidências anteriores... confiar em Christian e ajudá-lo a escapar.

— Jure — ela sussurrou. — Jure pelo nome de Frederick que você está dizendo a verdade.

Ele olhou no fundo dos olhos dela, tão sincero quanto a escura noite de Sussex.

— Eu juro. Juro sobre o túmulo do meu irmão. E pela vida do nosso futuro filho. — Ela ficou boquiaberta e ele deu de ombros. — Você sabe que o nome do nosso primeiro filho terá que ser Frederick.

— Não complique as coisas — ela pediu. — Não consigo pensar quando você fala desse jeito.

— Não foi um momento lindo, mais cedo, entre Rycliff e a esposa dele? Não consegui evitar de desejar que fôssemos nós, ali. — Ele tocou o braço dela. — Quem sabe um dia.

O coração de Violet errou uma batida, de tanta alegria. Ela levou a mão ao peito, tentando acalmá-lo.

E então, depois que as palavras dele a fizeram se esquecer dos passos, estes voltaram. Mais ruidosos, com um ritmo mais determinado. Alguém se dirigia à escada.

Sem discutir e em sincronia perfeita, eles se levantaram.

Ele sinalizou a Violet para que lhe entregasse a arma.

— Essa é minha deixa para ir embora.

— Ah, não! Não se atreva.

Ela firmou uma mão no cabo da pistola e agarrou o pulso de Christian com a outra, puxando-o para o jardim pelas mesmas portas por onde ele tinha irrompido algumas horas antes.

— Desta vez você não vai partir sem mim.

Capítulo seis

Enquanto corriam pela noite em direção ao vilarejo de Spindle Cove, Christian ficou preocupado. Preocupado porque logo dariam pela falta deles. Preocupado porque Violet estava sem casaco e aqueles sapatos nada práticos de seda não podiam proteger os pés dela contra a geada que cobria o solo. Preocupado porque talvez ela nunca o perdoaria, e porque ele realmente não merecia o perdão dela.

Mas não se preocupou ao permitir que ela fosse na frente.

Violet sabia exatamente aonde o estava levando. Ela sabia como evitar os cachorros que latiam e as poças de água congeladas enquanto corriam. Ela não tropeçou, hesitou, nem parou ofegante, levando a mão ao peito enquanto implorava por um tempo para descansar. Ela se movia com agilidade e segurança pela noite. Implacável.

Em algum lugar, uma coruja solitária chirriou e o som calou fundo em Christian.

Quem era aquela mulher destemida que brandia uma pistola, e o que ela tinha feito com sua doce e tranquila vizinha Violet?

Ela disse que havia mudado. Claro que sim. Por acaso ele mesmo não tinha mudado ao longo do ano que passou? Foi tolice pensar outra coisa. Ele a tinha guardado como um tesouro na memória, como se fosse um espécime empalhado. Mas Violet era uma criatura viva. Que mudava, crescia e se adaptava. E estava linda em movimento, com o vestido esmeralda esvoaçante na noite.

Christian precisava encarar os fatos. Ele não queria Violet do mesmo modo que quis um dia. Ele a queria mais, muito mais.

Quando chegaram à vila, diminuíram o ritmo, mantendo os passos os mais silenciosos possíveis enquanto se moviam em meio às sombras.

— Lorde Rycliff mandou Rufus e Dawes ficarem de guarda na pensão — ela sussurrou. — Vamos ter que tomar cuidado com eles.

Ela o fez se esgueirar por uma esquina perto da praça do vilarejo, e juntos se esconderam no vão da porta de uma loja – *Tem de Tudo dos Bright*, informavam as palavras na porta.

Christian torceu para que "Tudo" incluísse botes a remo.

Violet testou a fechadura. Trancada, é claro. Sem falar nada, ela tirou um grampo do coque desfeito pelo vento e o entregou para ele, que ficou olhando para o objeto.

— O que faz você pensar que eu sei arrombar fechaduras? — ele sussurrou. — Só porque sou um espião?

— Não. Porque você estava sempre roubando uns trocados da gaveta de cima da escrivaninha do seu pai.

Caramba. Ela estava *mesmo* prestando atenção esse tempo todo.

— Eu não faço isso há uma década. — Mesmo assim, ele pegou o grampo. Depois de alguns minutos de tentativas calmas e alguma persuasão mais incisiva, a fechadura cedeu. — Boa garota — ele murmurou, virando a maçaneta e abrindo a porta que, por sorte, tinha dobradiças bem lubrificadas.

Eles entraram na loja. O luar recobria o ambiente com um brilho leitoso. Examinando as prateleiras, Christian viu rolos de tecido empilhados até o teto. Tinteiros alinhados como soldados em formação. Filas de carretéis de fita. Nenhum barco.

— O que nós viemos pegar aqui?

— Um lampião — ela disse, colocando a pistola de lado. — Ou quase isso. Sally Bright me mostrou um dia. Disse que pertencia ao tratante do pai dela.

Levantando as saias até os joelhos, Violet subiu em uma escadinha e se esticou para alcançar um objeto na prateleira do alto.

— Estou quase lá... — ela murmurou. Então anunciou, triunfante: — Pronto.

Violet desceu e colocou o lampião sobre o balcão entre eles. Christian reconheceu o objeto. Era um cilindro pequeno feito com lata martelada, fechado por um disco de metal, com um bico cônico que se projetava. Parecia a cabeça malfeita de um boneco de neve. Rosto pequeno, chapéu redondo, enorme nariz de cenoura.

— Uma lanterna de contrabandista — ele disse.

Ela concordou.

— Vou usá-la para orientar você a sair da enseada. Vamos combinar um sistema de sinais. Do contrário, vai se acidentar e afundar de novo.

Christian refletiu. A enseada tinha mais pedras do que um tubarão tem dentes. Ele precisava reconhecer que a ideia de Violet era inteligente, mas...

— Não posso deixar que você corra esse risco. Se formos vistos do castelo, os soldados podem atirar.

— A luz não vai ser vista lá do alto. É para isso que serve a lanterna de contrabandista.

— Eu sei. — Ele pegou a coisa e a virou nas mãos. O aparelho era feito para projetar um facho estreito de luz na direção do mar. Um sinal que alguém passando em um barco poderia ver, se estivesse procurando por ele – mas que não poderia ser visto pelas pessoas na costa. — Ainda assim, não gosto da ideia de você...

— Christian, estou ajudando você a escapar. Eu vou *ajudar* você, não apenas me despedir e deixá-lo navegar em direção à desgraça.

— Obrigado. — Ele pôs a mão sobre a dela. — Por não me desejar uma desgraça marítima. Só isso já é mais do que eu mereço.

Com um movimento ágil, ela afastou a mão.

— Ainda não me decidi sobre o resto.

Na escuridão, ele deu voz ao seu maior medo:

— Você não consegue me perdoar. Não vai me querer.

— Eu não disse isso.

Mas ela também não negou, simplesmente começou a encher de combustível o pequeno reservatório da lanterna e a preparar um pavio.

Ele sentiu o desespero crescer dentro do peito.

— Droga. — Ele passou a mão pelo cabelo. — Por que diabos você iria me querer? É só analisarmos esta noite. Mais uma vez, você está arriscando a saúde e a reputação por mim, quando eu deveria estar protegendo você. Disputando um duelo para defender sua honra. Tirando-a de uma casa em chamas. Salvando seu gatinho. Alguma coisa, qualquer coisa, para provar meu valor. Em vez disso, tudo que faço é lhe causar preocupação.

Ela parou.

— Bem, você me salvou de um incêndio, uma vez.

— Salvei? — Ele franziu a testa. — Quando foi isso?

— Eu tinha 8 anos. Então você tinha... 14? Era uma noite de outono perto do Dia de Finados. Nós, garotas, tínhamos subido ao sótão para brincar de cartomante. Com certeza você deve se lembrar!

Ele lembrava, agora que ela descrevia os fatos. A brincadeira tinha sido ideia das meninas. A irmã dele, Annabel, sempre foi próxima de Poppy Winterbottom, e, às vezes, as duas deixavam Violet brincar com elas. Christian, como sempre, aproveitava qualquer oportunidade para aprontar. Ele e Frederick se esconderam na trapeira, abafando o riso com o braço enquanto as garotas solenemente acendiam velas e invocavam os espíritos do além.

— Eu morria de medo só de estar ali — Violet disse. — Minha babá tinha me contado tantas histórias horríveis de fantasmas e monstros que se escondiam no sótão. Para que eu não me aventurasse por lá, imagino. Então Frederick, que Deus o tenha, pulou de trás de uma cortina...

— Sim, eu me lembro.

Surpresa, a pequena Violet gritou e se virou – e ao fazê-lo, passou a franja do xale pela chama da vela. Em questão de instantes o tecido barato pegou fogo. Por sorte, Christian estava na posição certa para arrancar as cortinas da trapeira e abafar as chamas.

— Se não fosse por você, eu poderia ter me queimado feio — ela disse. — Com a sua intervenção, só perdi quinze centímetros da minha trança. A casa ficou cheirando a cabelo queimado durante dias. Oh, meus pais ficaram furiosos.

— *Seus* pais ficaram furiosos? — Christian riu, lembrando de seu traseiro em carne viva. — Eu fiz minhas refeições em pé durante toda a semana seguinte.

— Eu sei. — A voz dela se tornou reflexiva. — Eu sei. E nunca entendi isso. Não foi culpa sua. Você me salvou, mas acabou levando toda a culpa.

— Mas eu aceitei. — Ele deu de ombros. — Foi mesmo minha culpa. Todo mundo sabia que era eu quem aprontava. Frederick nunca teria estado naquela trapeira se não fosse por mim. Além disso, eu aguentava uma surra muito melhor do que ele.

Ao falar do irmão, Christian sentiu um aperto desconfortável na garganta. Seus olhos começaram a coçar.

— Não que Frederick fosse fraco, veja bem. Não é isso. Ele era corajoso, honesto e... — Christian bateu o punho fechado no balcão. — E tão *bom*. Não é que a surra doesse tanto assim nele. Frederick não suportava que nosso pai ficasse bravo com ele. Eu, por outro lado, estava acostumado com a sensação. — Ele deu um sorriso irônico para ela. — Você me conhece, Violet. Eu sempre fui A Decepção.

Ela parou de mexer na lanterna.

— Christian...

Ele fez um gesto para dispensar a pena que percebeu na voz dela.

— Foi por isso que me alistei no trabalho de campo. Quando nós perdemos Frederick, meus pais perderam o orgulho da família. Eu sempre fiz apenas o necessário, e George... bem, é George. Ele parece que nasceu com 58 anos. Mas meus pais tinham tanto orgulho de Frederick... e quis lhes dar essa sensação de novo. Eu queria ser um filho do qual eles pudessem se orgulhar.

— Oh, Christian. — Ela deu a volta no balcão. — Você sempre foi esse filho.

Ele soltou o ar com força.

Não é verdade. Veja só o que eu fiz com você. Na véspera da minha suposta redenção, apronto minha pior trapaça. Se alguém tivesse feito a mesma coisa com a minha irmã... Se algum outro canalha tivesse tocado em você, Violet... — Ele praguejou e se afastou do balcão. — Eu o mataria.

Ele se afastou dela. Maldição, aquilo era intolerável. Qualquer coisa que ele fazia, acabava trazendo decepção. Se voltasse para Londres para se casar com Violet, estaria abandonando seu dever, arruinando o nome que ele esperava que Violet assumisse. Mas se ele a deixasse voltar para Londres sozinha, arriscaria perdê-la para sempre – perdendo também qualquer chance de corrigir seus erros.

Além de tudo isso, havia a certeza de que nada, nada que ele fizesse – de um lado ou outro do Canal da Mancha – poderia compensar a perda de Frederick. Nem uma fração mínima.

Ele nunca se sentiu mais inútil – ou menos valioso para ela.

— Vamos pegar o barco? — ela perguntou.

De que isso importava? De que tudo aquilo importava?

— Dane-se o barco.

❉

Violet ficou aflita ao observá-lo andando de um lado para outro na loja. A agitação dele era evidente. Ela precisava conseguir acalmá-lo ou Christian acabaria chamando atenção para a presença deles ali. Aaron Dawes e Rufus Bright estavam em algum lugar ali perto, vigiando a Queen's Ruby e o resto da vila adormecida.

— Eu sei que você está bravo — ela disse.

— Tem toda razão. Estou bravo.

— Está bravo porque Frederick foi morto. É perfeitamente compreensível.

— É uma perfeita porcaria, isso sim. — Ele atravessou a sala com três passadas longas e tensas, então deu meia-volta. — Não deveria ter sido ele. Tinha que ter sido eu.

— Não. Christian, por favor, não fale assim. Você não poderia ter salvado Frederick, e não pode trazê-lo de volta. Mas nós o amaremos e honraremos sua memória. E teremos saudade dele. Muita.

Ele parou de repente.

— Tenho sentido saudade dele. — A cabeça dele virou abruptamente, e seu olhar capturou o dela. — Mas não tanto quanto sinto de você, o que faz eu me sentir ainda pior.

Enquanto Christian a observava, o peito dele subia e descia.

— Todas as manhãs, Violet. Todas as manhãs eu deveria acordar pensando em Frederick. Agradecendo a Deus o pequeno papel que estou desempenhando para vingar a morte dele. Em vez disso, a cada manhã eu acordo querendo você. Desejando que eu pudesse sair para a praça, onde encontraria você com os cachorros à minha espera. Linda como a alvorada. Com um sorrisinho no rosto porque conseguiu desvendar uma nova tradução. — Ele pigarreou. — Como esta: *Tumi amar jeeboner dhruvotara*.

Ela inclinou a cabeça, tentando entender a frase.

— Isso não é hindustâni.

— Bengali. Significa "Você é a estrela da minha vida" em bengali. — As palavras gentis vieram carregadas de frustração, não de carinho. Os nós dos dedos dele ficaram brancos. — É óbvio que eu estava guardando essa... para o momento certo.

Uma pontada dolorosa no coração a deixou sem fôlego. Ele a amava. Ele realmente a amava.

Christian praguejou e voltou a andar de um lado para outro, os pulsos crispados ao lado do corpo.

— Mas agora nunca vai haver a "manhã certa" para nós. Então, sim, estou bravo. Estou furioso comigo mesmo por perder para sempre, de algum modo, tanto você quanto Frederick.

Ele parou de repente, encarando uma prateleira de louças, e Violet entrou em pânico. Se ele jogasse tudo aquilo no chão, o barulho seria assustador.

— Aqui. — Ela saiu correndo de trás do balcão. — Bata nisto.

No canto da loja havia um manequim estofado, arrumado com um vestido de musselina e uma touca de aba larga. Os Bright usavam-no para exibir as novidades.

Violet agarrou o manequim pela cintura e o deslizou sobre suas rodinhas.

— Vamos lá — ela disse. — Dê o seu melhor.

Por um instante, tenso, ele encarou o boneco. Violet se afastou para o lado, o pescoço formigando de apreensão. A raiva dele era palpável, mesmo da outra ponta da sala.

Enfim, ele levantou o punho e fez um movimento feroz de ataque...

Mas parou no último momento.

E deixou o punho cair.

— Não posso — ele disse com uma careta. — Não posso acertar uma mulher.

Violet riu.

— Nellie não é uma mulher de verdade.

— Ela tem um *nome*? — Afastando-se do manequim, ele jogou as mãos para cima. — Bom, isso resolve tudo. Nada de dar socos.

Ele apoiou as duas mãos no balcão da loja e se debruçou sobre elas, baixando a testa até encostá-la na madeira encerada. Um som de pura angústia soltou-se do peito dele.

Violet não aguentava vê-lo sofrer daquele modo. Lágrimas cobriram seus olhos quando se aproximou e pôs a mão no ombro dele.

— Christian, eu sinto muito. Sinto muito mesmo. Eu sei o quanto você amava seu irmão.

— Eu nunca disse para ele.

Ela tocou os músculos tensos do pescoço de Christian, e deslizou os dedos até o cabelo na nuca dele.

— Frederick sabia. É claro que ele sabia.

— *Você* não sabia. — Ele levantou a cabeça. — Eu deveria ter lhe dito, Violet. E deveria ter dito para vocês dois, todos os dias.

Uma lágrima solitária escorreu pelo rosto dela.

— Agora eu sei.

Ele a pegou nos braços. Sob a luz tênue, Violet viu que os olhos de Christian estavam carregados de emoção.

— Sabe mesmo?

Como resposta, ela o beijou. Envolveu o pescoço dele com as duas mãos e puxou-o para si, para que pudesse beijar-lhe o queixo, a maçã do rosto, a cicatriz fina na garganta. Ela beijou até mesmo a linha irregular do nariz quebrado duas vezes.

Então, os lábios dele encontraram os dela. Quentes e desesperados. Christian passou os braços ao redor do corpo de Violet enquanto se beijavam, as manzorras agarrando o vestido dela. Os seios foram pressionados contra o peito duro dele. Ela quis que ele a segurasse assim para sempre – tão apertado que não sobrasse espaço para segredos.

O beijo foi feroz, intenso, imbuído de toda a paixão com que ele costumava viver. Christian a beijou como se aquilo fosse a própria vida – o único momento que teriam juntos. E ela o beijou do mesmo modo, sem reservas. Não existiria timidez em Violet nesta noite. Ela não deixaria de expressar nenhuma emoção, nem de realizar nenhum desejo. Ela queria acariciar, explorar e possuir cada parte dele... corpo e alma.

Um raio de luz passou por eles, vindo de fora da loja. Christian congelou.

— Quem é? — ele sussurrou contra os lábios dela.

— Dawes e Rufus — ela sussurrou. — Rápido, esconda-se.

Ela empurrou Christian na direção do depósito nos fundos da loja. Lá dentro, eles esperaram no escuro, sem respirar. Ouvindo.

Por favor, Violet pediu. *Por favor, que eles passem direto.*

A porta da frente rangeu ao ser aberta.

— Olá?

Droga.

— Espere aqui — ela sussurrou, firme, para Christian. — Eu vou lá.

— Não vou deixar você ir sozinha.

— São só dois milicianos que Lorde Rycliff pôs de guarda na vila. Os outros ainda não podem ter nos encontrado. Esses homens me conhecem. Vou conversar com eles e nos livrar dessa, como fiz na cozinha de Summerfield.

— Mas você *deveria* estar em Summerfield. Não há motivo para estar aqui.

— Vou inventar um. — Ela tentou pensar em algo. — Eu... eu vou dizer para eles que precisei de produtos femininos porque estou "naqueles dias". Pode acreditar, isso vai acabar com a curiosidade deles. Os homens não querem saber de detalhes.

— Mas Violet... — Christian a segurou pelo braço.

— Shhh... Não faça barulho. — Ela abriu a porta devagar, falando enquanto aparecia: — Não se assustem. Não é nenhum invasor. Sou eu.

Ela fechou a porta do depósito e se virou.

— E quem diabos é *você*? — O homem levantou o lampião, cegando-a por um instante.

Embora ela mal conseguisse enxergá-lo, Violet percebeu duas coisas: primeiro, aquele homem não era Aaron Dawes nem Rufus Bright. Era um homem que ela nunca tinha visto antes, mas que conhecia pela reputação. Uma reputação muito ruim. Segundo, ela soube que precisava manter Christian escondido a todo custo. Depois de ouvi-lo, Violet entendeu porque ele tinha implorado por uma missão na Bretanha. E ela sabia que ele ficaria arrasado se a missão fosse comprometida.

Com os dedos trêmulos, ela passou o fecho na porta do depósito, trancando Christian lá dentro. Usando a ponta do pé, ela empurrou Nellie, o manequim, para a frente da porta, na tentativa de esconder algum movimento ou som.

Então ela se virou para encarar o intruso, Sr. Roland Bright. O pai perigoso de Sally, Finn e Rufus. Ela nunca o tinha visto antes, mas a cabeleira loira quase branca o denunciou de imediato.

— Responda-me, garota. — Ele aproximou o lampião do rosto dela. — Quem é você? E o que acha que está fazendo na minha loja?

Violet engoliu em seco.

— Sou a Srta. Violet Winterbottom. E não tenho nenhuma má intenção, meu senhor. Acordei no meio da noite com uma... — Ela cruzou os braços à frente do abdome. — Uma necessidade feminina. Eu não queria incomodar Sally, então eu...

— Então veio me roubar.

— De modo nenhum, meu senhor! — ela exclamou.

Ele crispou a boca enquanto a revistava com um olhar frio dos pés à cabeça.

— Você acordou no meio da noite usando um vestido de seda?

— Eu estava tão cansada, mais cedo, que peguei no sono sem me trocar. Que tonta, não? — Violet afastou-se do depósito, voltando até o balcão onde tinha deixado a pistola. Ela não queria ter que usar a arma, mas estava feliz por saber usá-la.

Ele riu e Violet sentiu o cheiro de rum emanando do hálito dele.

— Uma necessidade feminina, você disse? Aposto que eu sei o que é. Você está com desejo de algo com o qual posso ajudar...

Violet congelou. Ninguém nunca tinha falado com ela dessa forma. As palavras grosseiras tiveram o efeito que, provavelmente, ele queria. Ela se sentiu indefesa e seu estômago embrulhou.

— Eu... eu não sei o que você quer dizer.

— É claro que sabe, sua gatinha no cio. — A bota dele produziu um baque pesado quando ele se aproximou. — Você acha que eu não sei o tipo de mulher suja que tem aparecido nesta vila? Garotas enviadas por suas famílias ricas e poderosas, que não conseguem mais olhar para seus rostinhos de vagabundas. Aquela pensão... — Ele virou a cabeça e cuspiu. — Não é nada mais que um puteiro de classe com cortinas de renda.

— Isso não é verdade.

Ela deu mais um passo para trás e encostou as costas no balcão. *Tão perto.*

Violet fez força para não olhar para a pistola. Ela precisava da vantagem da surpresa. Procurou manter os olhos fixos no rosto feio e malicioso de Roland Bright.

— As moças da Queen's Ruby são bastante virtuosas. — *A maioria*, ela pensou.

— A não ser você, ao que parece. Posso apostar que saiu para encontrar alguém à noite. Veio pegar uma camisa de vênus na prateleira do alto? Um pouco de vinagre e uma esponja, antes de ir se esfregar com um camponês? A moça aristocrata não pode se arriscar a arrumar um fedelho da ralé. — Ele fez uma careta, revelando um dente escuro na frente. — Você é uma putinha, não é?

As palavras a deixaram quente de vergonha e Violet apoiou a mão na borda do balcão. *Putinha.*

Foi por isso que ela nunca contou para ninguém sobre sua noite com Christian. Como ela poderia admitir que entregou sua virtude com tanta facilidade? Todo mundo sabia que jovens bem-criadas não faziam esse tipo de coisa. Violet ficou com medo de ser rotulada como fácil, devassa. Uma mulher da vida.

Parte dela temia que ele pudesse estar certo. Mas não. Não estava. Não houve nada de lascivo ou impuro entre Christian e ela. Não havia nada de errado no que eles sentiam um pelo outro, no passado ou agora. Ele a amava, e Violet o amava.

Ela *amava* Christian. Sempre amou.

— Eu não sou... — Ela endireitou as costas. — Não sou uma prostituta.

— Muito bem, então. — As pupilas negras dos olhos dele cintilaram. Com uma determinação sinistra, ele colocou o lampião de lado. — Quem sabe eu não transformo você em uma.

O bruto foi na direção dela.

Violet se virou e lançou a mão para pegar a pistola.

Oh, Deus. A arma não estava lá. Não estava lá.

A fechadura do depósito começou a ranger. Christian estava tentando abri-la à força.

Com um gemido, Roland Bright se virou para o barulho. Uma risada ameaçadora emanou de seu peito.

— Esse é seu namorado?

Ele soltou Violet e foi investigar a origem do ruído. Mas não sem antes puxar uma faca do cinto.

Oh, Deus. Christian.

Violet subiu no balcão e deslizou para o lado de dentro. Ela começou a abrir uma gaveta após a outra.

Tesoura. Tinha que haver uma tesoura ali, para cortar tecido e fitas. Em algum lugar... Ela iria encontrar... E usaria a droga da tesoura para salvar Christian, enfiando-a no rim daquele vagabundo repulsivo, sem ficar com nem um pingo de remorso.

Bangue.

Ela levantou a cabeça de repente, bem a tempo de ver a sala explodir. Fragmentos de algo branco voaram em todas as direções.

Nellie, o manequim, impulsionada por força bruta, voou da porta do depósito e jogou Roland Bright no chão. Como se fosse uma mulher ultrajada, sem cabeça, que o atacava com sua própria força. A cabeça de Roland produziu um estrondo surdo quando atingiu o piso.

Quando a poeira – ou sujeira – baixou, Violet viu Christian, de pistola na mão, abrir com um chute a porta cuja fechadura tinha aberto a bala.

Ela levou a mão ao peito, nervosa. Ao disparar aquele tiro, ele tinha arriscado tudo. Sua vida, sua missão, o nome de sua família. Mas ele só pensou nela.

— Ele machucou você? — Christian perguntou.

— Estou bem.

Christian parou acima de Roland Bright e empurrou o ombro do sujeito com o pé.

— O tiro o acertou? — ela perguntou.

— Acho que não, infelizmente. Só está desacordado.

Christian agarrou Roland pelo colarinho e lhe deu uma coronhada atrás da cabeça. Então soltou a camisa dele, deixando que seu rosto feio caísse no chão com um baque.

— Bem — ele estava ofegante —, eu precisava disso.

Uma risada nervosa emergiu da garganta de Violet quando examinou a cena. Roland Bright, inconsciente, jazia esparramado, preso ao chão por um manequim desentranhado vestindo musselina com bolinhas. Flocos do enchimento de algodão cobriam o chão como neve recém-caída.

Não havia como encobrir toda aquela bagunça. Logo Violet ouviu gritos, passos apressados. Eles podiam esquecer a vantagem que tinham sobre Rycliff e os milicianos. A vila inteira estava acordando. A qualquer momento eles seriam descobertos.

Ela pegou a lanterna de contrabandista. Então olhou para Christian e os dois chegaram imediatamente a uma conclusão silenciosa:

Precisavam correr!

Capítulo sete

Eles saíram correndo da loja, de mãos dadas. Violet pretendia dobrar a esquina, para que pudessem se esconder em uma das ruas menores e mais escuras da vila. Mas ela viu luz de tochas vindo da ruela.

— Por aqui. — Mudando de direção, ela o levou em uma louca e disparada corrida pela praça central. Eles correram de uma árvore para outra. Atrás deles, cidadãos curiosos de Spindle Cove saíam para as ruas ainda vestindo seus casacos. Violet rezou para que eles prestassem atenção na loja, e não em um casal de namorados que, encobertos pelas sombras, corriam em direção à igreja de Santa Úrsula.

— Aqui. — Ela o puxou para a alcova formada pela porta lateral da igreja em estilo gótico. — Vamos esperar aqui até que seja seguro continuar.

De trás de uma coluna de pedra, ela espiou a praça e viu Aaron Dawes e Rufus com o uniforme da milícia. Ela teve pena do pobre Rufus, que encontraria o pai naquele estado, mas pelo que sabia da história da família Bright, não seria a primeira vez. Os moradores iam saindo de suas casas para ver o que tinha causado a comoção.

— Quando todos estiverem prestando atenção na Tem de Tudo — ela disse —, nós vamos sair correndo.

Ela olhou para Christian e o pegou encarando-a.

— Meu Deus, Violet. Você é extraordinária.

As faces dela esquentaram com o rubor. Depois de tanto tempo, era bom ser notada.

Ele a pegou pelos ombros e a virou para si.

— A esta altura você deve saber como estou arrependido, e o quanto eu gosto de você. Quero pagar minha dívida, e vou pagar. Se puder me esperar... Consegue fazer isso por mim?

— Christian... quando eu era garota, conseguia esperar. Esperei durante todos esses anos em que você nunca reparou em mim. E isso quando você era um jovem inexperiente e leviano. Agora somos adultos, e arrisco dizer que nós dois amadurecemos muito no ano que passou. Eu consigo fazer muito mais do que esperar. Consigo mentir e roubar por você, consigo levar seus segredos para o meu túmulo. Eu estava... — A voz dela falhou por um instante. — Agora mesmo eu estava disposta a matar por você.

Ele passou as mãos nos braços dela e praguejou.

— Detesto ter colocado você nessa situação.

— Você não está entendendo. Não estou pedindo que fique com pena de mim. Estou dizendo que pode confiar. Peça mais. — Ela pegou a mão dele e a colocou em seu peito. — Este coração pode fazer mais do que esperar. Este coração pode amar você com tanta força, com tanta vontade, que você vai senti-lo do outro lado do Canal, na Bretanha. Ou em Bali. Mas precisa me dar algo mais do que noções vagas de um compromisso futuro. Meus pais estão decididos a me fazer casar. Sua própria irmã se autodenominou minha casamenteira. Eu devo resistir a tudo isso, por Deus sabe quanto tempo, apenas com a promessa de sorvetes de damasco no parque e uma ou duas noites em Vauxhall?

— Eu não tenho mais nada para lhe oferecer — ele disse. — A menos que abandone minha missão, encerre minha carreira e envergonhe o nome de toda minha família. Eu simplesmente não consigo fazer isso com eles, Violet. Não depois de tudo pelo que passaram.

— Eu não lhe pediria isso. Não quero lhe pedir nada, você entende? Existe algo que eu quero que *você* me peça.

— Oh. — A expressão dele mudou.

— Algo muito importante.

— Estou entendendo... — Ele piscou.

Será que entendia mesmo? Se ele tinha percebido a dica, não demonstrou nenhuma intenção de fazer algo a respeito. Talvez Christian não estivesse preparado para ir tão longe. Mas depois de dizer aquilo, Violet não podia recuar.

— Eu passei a maior parte da minha vida nos cantos, assistindo você viver sua vida intensamente, esperando, paciente, que algum dia pudesse chamar sua atenção. Não aguento mais ficar esperando assim. — Ele baixou o olhar e Violet inclinou a cabeça para encará-lo. — Tudo seria diferente se... se eu não estiver esperando por uma fantasia que, talvez, um dia se realize, mas se estiver sendo fiel ao meu noivo.

Ele flexionou os braços, apertando-a junto ao peito.

— Violet. Eu não arriscaria sonhar que você pudesse me aceitar tão cedo. Você merece que eu rasteje e implore por perdão antes. Mas se tem certeza de que quer isso aqui, agora...

Ela concordou com a cabeça. Na verdade, ela quis isso em Londres, um ano antes. Mas ali e naquele momento teria que bastar.

— Sim, eu quero.

Um sorriso perplexo, extasiado, iluminou o rosto dele. Christian logo se controlou, escondendo a expressão debaixo de sua compostura masculina. Mas não antes que ela tivesse visto aquele lampejo de emoção. Foi uma centelha de pura alegria. Ela amou ter sido a causa disso. Ela amava Christian.

— Um instante. — Ele deu um passo para trás e puxou as lapelas do casaco para endireitá-las, então passou as duas mãos pelo cabelo, para domar as mechas despenteadas. Violet adorou o pequeno gesto de vaidade. Mesmo com o cabelo desgrenhado, a roupa grosseira e o nariz quebrado duas vezes, ele continuava sendo o homem mais bonito que já tinha conhecido.

Ele a encarou novamente e pegou suas mãos.

— Violet, querida. Minha doce Violet.

O coração dela falseou. Embora soubesse muito bem o que iria acontecer, seu coração insistia em bater naquele ritmo alegre. *Finalmente*, o coração retumbou. *Finalmente*.

— Violet, eu... — Ele parou, franzindo o cenho.

Aí ela sentiu um aperto no coração. *Não, não pare. Por que está parando?*

— Meu Deus — ele exclamou. — Você está tremendo como vara verde.

— Está tudo bem — ela forçou as palavras através dos dentes que batiam. Uma rajada gelada de vento pinicou suas faces. Seu nariz devia estar vermelho. — C-continue.

— Querida — ele começou e a apertou nos braços, envolvendo-a em seu delicioso calor masculino. — Você sabe que eu cairia de joelhos aqui mesmo, imploraria seu perdão, exaltaria suas virtudes e pediria sua mão. Mas está frio demais para um discurso. Saiba apenas que eu te amo, por completo, até o íntimo da sua alma corajosa, linda e generosa. E se você me quiser, não vou lhe pedir que espere nem mais um dia. Caso com você aqui e agora.

— Aqui e agora? — Ela só podia ter ouvido mal. — Se isso fosse possível.

Ele a beijou nos lábios.

— É Natal, Violet. Tudo é possível.

— Não estou entendendo.

Ele levantou os olhos para a igreja que se erguia sobre eles.

— Eu sei que teremos de fazer isso de novo um dia. Dentro de uma destas, em vez de abraçados do lado de fora. Com nossos amigos e familiares, e um sacerdote e uma certidão, além de todos os detalhes com que você sempre sonhou. Você vai estar tão linda, e eu vou ficar tão orgulhoso. — Ele tocou no rosto dela. — Mas vou fazer meus votos para você agora, nesta porta, com Deus e todos esses santos esculpidos como testemunhas. E se você me aceitar... desta noite em diante será Lady Christian Pierce, no meu coração.

Fitando-a com os olhos quentes e determinados, ele acariciou o rosto dela com o polegar.

— Eu, Christian James, tomo você, Violet Mary, como minha esposa. Para todo o sempre. Para amar, respeitar e cuidar. Para lhe dar alegria e prazer, para fazê-la sorrir e gargalhar. Para dançar com você em todas as oportunidades. Para respeitá-la sempre, e provocá-la de vez em quando. Para ser minha confidente sempre que necessário. Para adorar, proteger e admirar...

Ela não conseguiu segurar um riso nervoso.

— Acho que essas palavras não estão nos votos de casamento.

— Elas estão nos *meus* votos — ele disse, sério. — Mas devido à escassez de tempo, vou encurtá-los. Toda aquela coisa de pobreza e riqueza, saúde e doença está implícita. Renunciando a todas as outras enquanto vivermos. — A mão de Christian pousou no cabelo dela. A emoção abalou a voz dele. — Eu preciso de uma vida toda com você.

Ela recomeçou a tremer, dessa vez não de frio.

— Eu, Christian — ele sussurrou —, aceito você, Violet. E peço a Deus que você também me aceite.

O coração dela inchou de alegria. Ela amava tanto aquele homem que chegava a doer.

— Christian. — Ela pegou a mão dele e sussurrou: — Está na hora de corrermos.

Capítulo oito

Não havia tempo a perder.

Depois que todo mundo se reuniu diante da loja Tem de Tudo, Violet percebeu que o caminho estava livre ao redor da igreja e do restante da praça. Até a pensão Queen's Ruby, onde Violet e todas as outras visitantes ficavam hospedadas.

Ela o levou até os fundos do prédio, onde havia uma entrada pouco usada. Como suspeitava, devido às luzes nas janelas da sala de estar, parecia que todas as hóspedes estavam reunidas na sala da frente.

Violet seguiu pelo corredor e encostou a orelha na parede.

— Minhas ladies. — Em meio à confusão de vozes, ela identificou a de Diana Highwood. Como sempre, a voz da calma e da razão. — Ladies, por favor. Eu sei que as notícias que nos chegam de Summerfield são alarmantes, mas tenho fé que tudo vai ficar bem. O Sr. Dawes nos instruiu a permanecermos reunidas na sala de estar até ele voltar. A milícia está fazendo buscas na vila.

Violet apertou os lábios. Se a milícia estava vasculhando o resto da vila, isso significava que o lugar mais seguro para ela e Christian era ali. Pelo menos por enquanto.

Outro coro de respostas veio das mulheres e Violet se aproveitou do barulho. Ela agarrou a manga de Christian e o levou pela escada dos fundos.

— Aonde você está me levando? — ele sussurrou enquanto eles seguiam pelo corredor dos quartos.

Colocando o dedo diante dos lábios para pedir silêncio, ela abriu a porta de seus aposentos e o puxou para dentro.

Ela precisou ter uma paciência suprema para não bater logo a porta. Mas Violet se obrigou a encostá-la bem devagar. Centímetro após centímetro. Até o momento em que a fechadura finalmente travou, com um estalido suave, o coração dela deve ter batido umas cem vezes.

Enfim, ela se virou para ele no quarto escuro.

— Não vou levar você a lugar nenhum. Eu só vou... ficar com você.

— Oh. — Ele suspirou. — Graças a Deus.

Colocando as mãos no peito dele, Violet o empurrou na direção da cama. Quando ele atingiu o colchão, sentou sobre a colcha. O tecido farfalhou um pouco quando ela levantou as saias – só o bastante para sentar no colo dele.

— Eu, Violet Mary, aceito você, Christian James. — Ela tocou no rosto dele. — Para ser meu marido. Para manter e cuidar. Para amar e respeitar. E toda aquela coisa de pobreza e riqueza, saúde e doença. Renunciando a todos os outros enquanto vivermos.

As mãos de Christian encontraram as dela.

— Você não prometeu me obedecer.

— Não, não prometi. — Ela o beijou no queixo. — E se eu substituir por "Prometo que faremos amor louco e apaixonado em todas as oportunidades que surgirem"?

— Eu aceito com alegria, desde que... — Ele inspirou fundo quando os lábios dela roçaram seu pescoço.

— Desde quê? — Ela beijou sua orelha.

— Desde que isto conte como uma oportunidade.

— É claro. Isto é o melhor que vamos conseguir em termos de lua de mel.

Ele apertou os braços ao redor dela e, juntos, caíram para trás, na cama, beijando, acariciando e agarrando um ao outro. Puxando, inutilmente, as roupas.

Com um movimento rápido dos braços, Christian a colocou deitada de bruços. Seus dedos fortes e calejados abriram os fechos do vestido dela e as fitas do espartilho. Conforme as roupas iam ficando soltas, ela podia ouvir a respiração dele ficando mais difícil. O desejo dele fez crescer o dela. A umidade no meio de suas pernas aumentou.

Ele levantou as saias dela até a cintura. O corpo de Christian pesou sobre o dela enquanto se posicionava entre as pernas abertas de sua amada. Violet ficou chocada. O que ele pretendia fazer?

Ela sentiu o calor úmido da língua dele em sua nuca. E depois uma mordida no ombro exposto.

— Um dia — ele grunhiu na orelha dela —, vou pegar você assim.

Com a mão, ele puxou os quadris dela para cima e para trás, colocando o sexo intumescido dela em contato com sua ereção dura. Christian investiu contra ela algumas vezes, massageando-a através das camadas de tecido de sua calça e das anáguas dela. Os seios túrgidos de Violet roçaram na colcha. Ela se viu acompanhando os movimentos dele, desejando mais contato. A situação era selvagem, animal, e muito, muito gostosa.

Então ele parou, caindo para o lado e levantando-a pela cintura. Ele a colocou de joelhos, a cavalo nele, de frente. Christian a beijou no pescoço e nos ombros, abaixando o tecido solto.

— E algum dia — ele suspirou —, você vai me pegar assim. Devagar, doce. E vamos nos beijar por horas.

Segurando o quadril dela com as mãos, ele a movimentou. Um gemido de puro prazer emergiu dos lábios de Violet.

Mais. Ela precisava de mais.

Enquanto ele abaixava o corpete e a roupa de baixo dela, soltando seus braços e desnudando-a até a cintura, Violet se movimentava de encontro a ele em um ritmo instintivo.

— Isso — ele grunhiu, pegando os seios nus e massageando os mamilos duros. — Você é tão linda. Maravilhosa.

Ela não parou para argumentar que estava escuro demais para ele ver qualquer coisa. Ela se *sentia* linda e maravilhosa nas mãos dele. E, acima de tudo, sentia-se poderosa. Violet estabeleceu seu próprio ritmo, deslizando para cima e para baixo sobre a extensão da dureza dele. Levando-se para cada vez mais perto do clímax.

Mas no momento seguinte, ele tirou todo o poder dela. Com uma imprecação abafada, ele a colocou de costas no colchão e lhe tirou o vestido verde.

— Por Deus, Violet. Quando eu voltar, vou fazer amor com você de quarenta modos diferentes. Mas esta noite é melhor nos atermos ao básico.

Ele se colocou entre as pernas dela. Com Violet observando-o, Christian tirou a camisa pela cabeça e a jogou longe. Somente um brilho fraco de luz penetrava no quartinho. Sem a camisa branca, ele era um amante formado de sombras e fumaça. Violet estendeu as mãos para tocá-lo, deslizando-as pelos braços dele, precisando se certificar de que ele era real. Adorando sentir os músculos esculpidos e fortes em suas palmas. Ela arqueou os quadris, desesperada por mais contato.

— Agora — ela implorou. — Faça amor comigo agora. Do jeito que você quiser.

— Ainda não. — Ele se abaixou para passar o rosto nos seios dela. Violet exclamou quando sentiu a língua contornar seu mamilo, fazendo-o ficar firme antes de puxá-lo para dentro da boca.

— Por favor, eu preciso de você.

— Eu também preciso de você. Preciso senti-la gozando para mim. E levando em conta o tempo que faz, acho que não vou aguentar muito tempo. — Depois de fazer o mesmo com o outro seio, ele foi descendo pela barriga dela com beijos. — Assim primeiro.

Ele abriu o sexo dela com os dedos calejados. E então a tocou onde mais desejava, com o calor sensual e aveludado da língua.

Para o bem ou para o mal, Violet sempre foi uma garota discreta. Mas pela primeira vez na vida, quis ser escandalosa. Ela queria gritar, berrar e invocar Deus em vinte idiomas diferentes.

Em vez disso, contudo, ela cobriu a boca com o antebraço e gemeu contra sua própria pele febril. Debatendo-se enquanto ele lhe dava prazer com seus lábios e língua habilidosos. Ela estendeu a mão livre, segurando firme no poste da cabeceira da cama.

— Não pare — ela choramingou.

Ele não parou. Não interrompeu nem por um instante os movimentos doces.

Sim. *Sim.*

Quando chegou ao clímax, ela mordeu o próprio pulso para evitar de gritar. A pontada de dor só fez aumentar seu prazer. O êxtase a sacudiu em ondas pulsantes.

Enquanto ela jazia, inerte, após o orgasmo, ele subiu com os beijos pela barriga, voltando a lhe sugar os seios. A ereção dele pressionou a coxa de Violet – um lembrete de que, embora ela se sentisse plenamente saciada, a necessidade dele não tinha sido atendida.

Mas quando ela abriu os olhos, Violet notou outra necessidade urgente. Christian se afastou de seu mamilo teso e uma luz tênue, vinda da janela na face leste, iluminou o bico úmido.

A luz da manhã.

O sol ainda não tinha surgido no horizonte, mas estava prestes a nascer.

Ela o segurou pelos ombros e o sacudiu.

— Christian. Christian, está começando a amanhecer. Nós temos que...

Ele praguejou.

— Não.

※

Não.

Não dessa vez. Eles tinham sido interrompidos uma vez após a outra ao longo dessa noite maluca e maravilhosa. Christian não se importava se o próprio Príncipe Regente estivesse à porta. Aquilo iria acontecer, e aconteceria naquele instante.

— Não vou parar — ele sussurrou, enterrando o rosto entre os seios dela. Ele se aninhou perto do coração que batia apressado. — Não me importa se posso ser enforcado por isso. Eu preciso estar dentro de você. Não me fale para parar.

— Eu não ia falar para você parar.   Christian ouviu o sorriso na voz dela. — Apenas para se apressar.

Muito bem. Isso ele podia fazer.

Christian abriu o fecho de sua calça, puxando-a até abaixo dos joelhos. Seu membro ansioso pulou para fora, apontando para Violet em uma expressão de puro desejo carnal.

— Você está pronta? — ele perguntou.

— Ah, sim. — Ela estendeu as mãos, deslizando a ponta dos dedos pelos braços de Christian. O membro rijo dele roçou na coxa dela. Uma descarga de prazer o sacudiu, e a sensação se concentrou na base de sua coluna.

Com a mão, ele posicionou sua ereção no centro do calor molhado dela.

Misericórdia.

Foi mais fácil do que da primeira vez, mas ela estava apenas um tom além da inocência. Tão apertada.

Ele se obrigou a parar, dando ao corpo dela alguns momentos para se adaptar. Estava tão escuro. Ele não conseguia ver os olhos dela para entender o que Violet estava sentindo. Estaria com medo? Arrependida? Com dor?

— Christian — ela sussurrou.

A voz dela só transmitia desejo. Confiança. Amor.

— *Violet.*

Mudando seu ponto de apoio para o outro cotovelo, ele entrou mais um pouco. Ofegante, fez o que pôde para se controlar.

— Foi assim, Violet. Foi assim que eu *soube* de verdade. No momento em que nos unimos, pareceu tudo tão certo. Eu senti como se... — Ele entrou por completo, suspirando fundo. — Como se tivesse encontrado minha outra metade.

Com os dedos, ela acariciou as costas dele.

— Eu nunca me arrependi de fazer amor com você. Eu sentia que devia me arrepender, mas não consegui. Foi por isso que mantive o segredo por todo esse tempo. Porque eu temia que os outros me rotulassem de fraca ou devassa... mas eu não sou nada disso. Sou apenas uma mulher apaixonada.

Naquele momento, Christian soube que era o canalha mais sortudo da Inglaterra. Ou melhor, o canalha mais sortudo do mundo.

Esticando-se, ela deu beijos ao longo do pescoço dele.

— Faça amor comigo — ela sussurrou. — Agora.

Ele começou com um ritmo lento, tomando cuidado para ser o mais silencioso possível. Mas o modo como ela ondulava debaixo dele, suspirando sensualmente com cada movimento, fez com que ele abandonasse o ritmo amoroso. Christian acelerou os quadris, até que o barulho dos corpos se encontrando ressoava pelo quarto pequeno. As unhas dela em suas costas pediam-lhe que fosse mais rápido ainda. Uma das pernas esguias de Violet se enroscou na dele, enlouquecendo-o.

— Violet. Oh, Deus. Violet.

Ele se colocou de joelhos, para conseguir mais apoio, e a ergueu pelos quadris. Ela arqueou o corpo, faminta, e sua cabeça pendeu para o lado. Será que ela iria...?

Christian pressionou o polegar no botão dela, massageando-o febrilmente.

— Sim, querida. Mais uma vez.

Seu corpo se crispou ao redor dele enquanto ela encontrava o prazer pela segunda vez.

Deus do céu.

O corpo dela massageou o membro dele em ondas pulsáteis, levando-o perigosamente até o limite. Ele detestava a ideia de sair dela, mas sabia que era necessário. Usou toda sua sorte contraceptiva da primeira vez, e não podia se arriscar a engravidá-la.

Mas, Deus, ele adorava pensar nela grávida. Ele ficou um pouco louco com a imagem de Violet com a barriga grande da gravidez. Amamentando o filho dele com aqueles seios macios e perfeitos.

Murmurando uma imprecação, ele saiu de dentro dela e terminou na mão, lançando sua semente sobre a barriga firme de Violet.

Então Christian desabou sobre ela, enterrando o rosto em seu pescoço. Violet passou os braços ao redor do tronco dele. A semente colou os dois pelo abdome. Algum dia aquilo fundiria os dois em uma nova alma.

Algum dia... em breve, se Deus e Wellington quisessem.

Ele sentiu um pequeno tremor sacudi-la e se levantou, apoiando-se no cotovelo, preocupado.

— Você está bem? Não está chorando, está?

— Não. De jeito nenhum.

Ela se sacudiu de novo, mas em uma risada abafada, não em lágrimas. O sorriso no rosto dela poderia ter iluminado todo o quarto. Com certeza acendeu uma chama no coração dele.

— O que é tão engraçado, meu amor?

— É que eu vou ter que pensar em outro apelido para você. — Ela afastou o cabelo que caía sobre a testa dele. — Oh, Christian. Isso foi tudo menos uma decepção.

Capítulo nove

O mais engraçado é que conseguir um barco foi a parte mais fácil. Muito mais fácil do que sair da cama.

Violet desejou que eles pudessem adormecer juntos e ficar enroscados até o dia raiar. Quem ligava se eles fossem pegos? Que os encontrassem. Christian casaria com ela e os dois poderiam voltar para Londres juntos. As duas famílias ficariam tão satisfeitas. Haveria apenas uns detalhes para resolver: a culpa opressora que ele sentiria e a possível acusação de traição.

Violet suspirou. Ela podia deixá-lo ir. Só dessa vez, por Deus e pela pátria. Mas ela não se separaria dele por nada menos do que isso.

Enquanto Christian se alongava e vestia, Violet levantou da cama. Ela voltou para dentro do vestido verde e, por cima, colocou um casaco de lã.

De um de seus baús de viagem, retirou um par de luvas tricotadas à mão e um canivete.

— Eu estava guardando estes presentes de Natal para alguém. Agora sei que eram para você.

Ele aceitou os presentes com um beijo.

— Vou guardá-los com carinho para sempre.

Depois que se vestiram, ela o conduziu pela escada dos fundos e, depois, para um depósito anexo ao prédio da pensão. Havia uma fechadura, mas Christian a abriu sem esforço. Juntos, eles passaram pela porta, abanaram uma nuvem de poeira e iluminaram um bote com a lanterna de contrabandista.

— As moças usam esse barquinho no verão — ela disse. — Para passeios pela enseada, ou até o Canal. Ninguém vai dar pela falta dele durante meses.

Ele fez uma careta.

— É *rosa*.

— Christian, não é hora para reclamar da cor.

— Não, não. É que seria melhor se fosse azul, marrom ou preto. Alguma cor mais escura.

— Eu detestaria pegar o barco de um pescador, para depois abandoná-lo. Ele ficaria sem seu ganha-pão.

Christian vasculhou o depósito.

— Encontrei um pouco de piche — ele disse. — Vamos escurecer o bote. Me dê a lanterna que eu vou aquecer o piche.

Eles trabalharam juntos, cobrindo às pressas o exterior do barco com uma camada de piche escuro e pegajoso. Então eles levantaram e viraram o bote, carregando-o sobre os ombros com a lanterna de contrabandista pendurada no meio.

Logo chegaram à enseada e começaram a se despedir. Uma camada fina de nuvens tinha encoberto a lua, transformando sua luz em um brilho quente. Alguns flocos de neve começaram a cair.

Expulsando a tristeza do peito, Violet acendeu a lanterna.

— Lembra dos sinais? — ela perguntou.

Ele concordou.

— Eu conheço esta enseada no escuro. Mantenha seus olhos em mim que vou orientar você.

Com a ponta dos dedos, Christian virou o rosto dela para si.

— Eu sei que vai.

※

Christian a abraçou na praia, permitindo-se um último e demorado minuto para gravar todas as feições de Violet. Para simplesmente admirar seu amor. Sua mulher.

E que mulher ela era. Seu coração inchou de orgulho. Violet era a companheira ideal: corajosa, inteligente, discreta, rápida com uma arma e possuía uma facilidade extraordinária com idiomas.

E era tão linda. Sua pele brilhava sob as primeiras tímidas luzes da alvorada. Seus olhos eram grandes e azuis o bastante para guardar toda aquela noite. Deus, como Christian desejava não ter que deixá-la para trás. Se ele ao menos pudesse...

— Leve-me com você. — O pedido sussurrado por Violet apertou o coração dele. Na ponta dos pés, ela segurava com as duas mãos nas lapelas do casaco dele. — Por favor, Christian. Leve-me com você. Eu posso ajudar. Você sabe que sim. Sabe que meu francês é impecável, e vou aprender a falar em bretão. Vou passar muito bem por sua esposa e...

Ela engoliu em seco e baixou os pés ao chão.

— Quer dizer... a menos que o humilde camponês já tenha uma esposa.

— Não — ele garantiu a ela, sorrindo um pouco. — Não, Violet. O camponês não tem uma esposa. Nem namorada, nem amante. — Ele tirou o canivete do bolso do casaco e cortou uma mecha do cabelo dela, que então guardou. — O humilde camponês tem um cacho de cabelo dourado. Ele o mantém guardado atrás de uma tábua solta, e às vezes, como um tolo, ele beija esse cabelo no escuro. Ele está sozinho.

— Mas não precisa estar.

Um floco de neve veio caindo e pousou na maçã do rosto dela, transformando-se no mesmo instante em uma lágrima. Ele tirou a gota com um beijo, então a abraçou apertado.

—- Bem que eu gostaria. Adoraria levar você comigo, como minha esposa. Mas não seria seguro. Não agora, não assim. Eu estaria colocando outras vidas em risco, além da minha. E imagine se você desaparecer de repente... ao que parece, raptada por um francês maluco. Sua família sofreria tanto, ficaria tão preocupada, agoniada. Spindle Cove deixaria de ser um porto seguro para as mulheres que tanto precisam daqui. Nenhuma família enviaria suas filhas ou irmãs para um lugar perigoso.

— Eu sei. — Ela enterrou o rosto no pescoço dele. — Eu sei que você está certo. Só queria...

— Oh, meu amor. — Ele envolveu a cintura dela com os braços. — Eu também queria.

Ele a abraçou e beijou pelo máximo de tempo que seria seguro. E então a manteve abraçada e a beijou ainda por vários segundos. Mas sabia que precisava parar.

Mesmo um amor tão verdadeiro, tão forte, não podia deter o nascer do dia. Ele se afastou.

— Faça isso por mim, Violet. Você precisa voltar para Londres e continuar com sua vida, e precisa fazer isso sem comentar o que aconteceu esta noite com ninguém, nem mesmo nossas famílias. Meu pai não sabe dos detalhes da minha missão, nem pode saber. É pela minha segurança. Você compreende? No íntimo você é minha mulher. Mas para o mundo, precisa se comportar como se esta noite nunca tivesse ocorrido.

Ela concordou, mordendo o lábio.

— Prometa — ele disse.

— Eu prometo. E você tem que fazer o mesmo.

— Sim. Ou melhor, *ya*. — Ele praguejou. — Eu falei uma quantidade perigosa de inglês esta noite.

Ela se afastou e o encarou, seu olhar ficando frio na escuridão.

— Violet? O que foi?

Ela soltou as lapelas dele. Antes que ele pudesse gastar uma fração de segundo para imaginar o que estava acontecendo, a palma da mão dela acertou seu rosto.

Por Deus. Ela tinha batido nele. Bem no meio da bochecha, com força suficiente para jogar sua cabeça para a direita.

— Quem é você? — ela perguntou.

Quando ele hesitou, outro golpe jogou sua cabeça para a esquerda. Em seu campo de visão, um coro de flocos de neve dançantes desejou-lhe um Feliz Natal. Christian piscou para afastar a dor.

— *Corentin Morvan eo ma anv.* — Ele suspirou. *Meu nome é Corentin Morvan.*

— Mais alto. — O punho dela acertou-o no estômago. — Quem é você? De onde você veio?

— *Me a zo um tamm peizant* — ele grunhiu. *Eu sou um camponês humilde.*

— Mentiroso. — Ela enfiou a mão no bolso do casaco e puxou uma faca dobrável. Em menos de um segundo, ela abriu a lâmina, cujo gume brilhou branco ao luar.

Com uma mão, ela o pegou pelo colarinho. Com a outra, aproximou a lâmina do pescoço dele. O aço frio encostou logo abaixo da mandíbula, ameaçando o lugar macio, vulnerável, onde pulsava uma artéria.

— Quem é você? — ela insistiu. — Diga-me a verdade.

Bretão jorrou de seus lábios. Como sangue jorrando de uma ferida mortal.

— *Meu nome é Corentin Morvan. Sou um camponês humilde. Eu durmo no celeiro. Não sei de nada. Pela Virgem Maria e por todos os santos, juro que é verdade.*

Puxando o colarinho dele, Violet baixou a faca até o peito exposto. Ali ela apertou a lâmina, marcando a pele de Christian. Uma vez, depois outra. Duas linhas retas de dor cravadas logo abaixo da clavícula. Ele ficou com os olhos úmidos ao conter o ímpeto de gritar um palavrão. Estremecendo, ele olhou para baixo.

Dois cortes vermelhos formavam uma letra V.

Ela o tinha *marcado*. Um ato chocante. Bárbaro. Loucamente excitante.

— Você é meu. — Violet puxou o colarinho dele, baixando seu rosto até o dela. — Você é meu. Não se esqueça disso.

Os lábios dela tomaram os dele. A ferocidade e a paixão naquele beijo deixaram Christian tonto. E a reação de seu corpo foi primitiva, selvagem.

A faca caiu da mão dela, tilintando no cascalho da praia. Ela enfiou as duas mãos no cabelo dele, agarrando as mechas compridas demais e puxando-o para mais perto. Segurando-o com força. Beijando-o com mais intensidade. Até possuí-lo tão completamente que Christian esqueceu o próprio nome.

Ele só lembrava que era *dela*. Ela o tinha marcado e tomado para si. E Christian era realmente dela. Carne e sangue, coração e alma.

— *Me da gar* — ele murmurou, abraçando-a apertado. Ele baixou a cabeça para marcar o pescoço de Violet com beijos quentes, depois mordiscou seu lábio inferior. — *Me da gar, me da gar.*

Eu te amo.

Eles se separaram com a mesma rapidez com que tinham se unido. O vapor da respiração dos dois preenchiam o espaço entre eles.

— Vá — ela disse. — Vá agora, ou não vou aguentar.

Concordando, ele foi em silêncio até o bote. Enquanto Christian empurrava a embarcação para dentro da água escura, Violet preparou a lanterna de contrabandista. Quando a água estava na altura de seu joelho, Christian segurou o barco e, com a ajuda de uma pedra oportuna, entrou nele.

— Depois que eu partir, você precisa voltar correndo para Summerfield. Lembre-se, você não sabe o que aconteceu comigo. Não faz ideia da minha identidade ou da minha origem. E nunca vai contar nada do que aconteceu aqui para ninguém. Tudo deve ser como prometeu.

— Vai ser como eu prometi. — Enquanto ele pegava os remos, ela repetiu as instruções. — Uma piscada longa para virar a leste. Três curtas para oeste.

Ele sinalizou que compreendia. Depois apoiou os pés no fundo do barco e remou com força. O barco deslizou na água, dobrando o espaço entre eles.

Enquanto as remadas silenciosas conduziam-no para longe, Christian manteve o olhar fixo nela. Seu anjo corajoso, que o conduzia em meio à escuridão.

Você é a estrela brilhante da minha vida.

Não importava o que acontecesse, ele encontraria o caminho de volta para ela. Sempre.

— Eu vou voltar para você — ele jurou, puxando os remos. — Juro. E quando eu voltar, Violet... não me deixe encontrá-la escondida em um canto.

Capítulo dez

Violet manteve todas as promessas que fez para ele naquela noite. Ou melhor, quase todas... menos uma.

Assim que o bote de Christian saiu em segurança da enseada, ela escondeu a lanterna atrás de uma pedra e subiu pela trilha da praia. Pegou o caminho mais longo ao redor da vila, correndo por pastagens e campos não-cultivados. Com uma pontada de pesar, ela jogou o casaco de lã em um regato. Não conseguiria explicá-lo mais tarde.

Ao se aproximar do jardim dos fundos de Summerfield, vozes exaltadas chegaram até seus ouvidos. Sem dúvida estavam revirando a mansão em busca dela e do estranho misterioso.

Como ela conseguiria voltar para dentro sem que a vissem? Que desculpa poderia inventar?

Se Violet tivesse semanas, dias, ou mesmo algumas horas, talvez conseguisse formular um plano. Mas não tinha nem mesmo alguns segundos. A porta dos fundos foi aberta com um rangido assustador.

Dois milicianos. A qualquer momento eles a veriam.

Violet deixou o corpo ficar mole e caiu no solo salpicado de neve. E ali permaneceu durante quinze ou mais minutos agonizantes, até que os homens a encontrassem. Se pelo menos ela tivesse desabado mais perto da casa!

Mas eles acabaram por encontrá-la. Ela permitiu ser carregada para dentro, onde encarou suas melhores amigas no fundo dos olhos e lhes serviu mentiras deslavadas no café da manhã.

Ela tinha sido drogada, Violet lhes disse. Assim como o Sr. Fosbury. Só que tinha ficado consciente tempo o bastante para seguir o estranho até o jardim. Ela conseguiu acompanhá-lo até os fundos, onde desabou.

Não, ela não tinha descoberto a identidade dele.

Não, ela não fazia ideia do que ele queria nem para onde podia ter ido.

Sim, foi algo notável ela não ter se transformado em uma escultura de gelo, depois de passar tanto tempo exposta ao frio. Ela poderia ter congelado e morrido. Um milagre de Natal, ela sugeriu.

Lorde Rycliff ficou bastante aborrecido com Fosbury, e repreendeu duramente o taverneiro por seu descuido na vigilância. Violet sentiu uma pontada de culpa por causa dele. Mesmo assim, não disse nada.

Os milicianos vasculharam o litoral e o interior, mas não encontraram vestígios do intruso misterioso – nada além de uma lanterna de contrabandista escondida atrás de uma pedra na praia. Isso parecia conter uma explicação. Evidentemente, o estranho era um comparsa de Bright. Ou um inimigo. De qualquer modo, aquilo era assunto para as autoridades alfandegárias.

Quando foi preso, Bright tagarelava sem parar sobre uma garota ordinária que invadiu sua loja. Mas considerando o modo como ele foi encontrado – cheirando a bebida e em uma posição comprometedora com o manequim –, as pessoas acreditaram que ele tinha se confundido com Nellie. A pobrezinha inanimada foi arruinada de mais de uma forma.

A milícia entregou Bright ao magistrado, Violet voltou para casa, em Londres, e esse foi o fim da história.

Violet continuou com sua vida. Na Noite de Reis, ela e a família jantaram com os Pierce na casa destes. Educada, ela perguntou de Christian e ouviu o duque contar as aventuras do filho nas Índias Ocidentais. Ela passou boa parte de fevereiro comprando roupas com a irmã de Christian, escutando, paciente, todos os conselhos da amiga sobre como atrair solteiros atraentes. Como tinha prometido, Violet nunca falou daquela noite para ninguém de sua família ou da dele.

Ela manteve todas as promessas. Menos uma.

Por mais que tentasse, Violet não conseguia se comportar como se aquela noite não tivesse acontecido. Seus efeitos alteraram a vida dela de diversas formas, quase imperceptíveis.

Ela dava sua opinião com mais frequência. Quando ia à modista, seu gosto tendia para cores e estilos mais arrojados. Estava mais audaciosa, mais confiante.

Como poderia ser diferente? Os outros olhavam para ela e viam a Srta. Violet Winterbottom, uma flor que demorou a desabrochar. Mas por baixo do disfarce, ela sabia que era Lady Christian Pierce, mulher fatal e agente secreta.

No primeiro baile da Temporada, a autoconfiança de Violet atraiu olhares interessados de cavalheiros e observações de admiração das amigas de sua mãe. Esta atribuiu a mudança à atmosfera saudável de Spindle Cove, e tanto Lady Melforth quanto a Sra. Busk manifestaram o desejo de enviar para lá suas filhas problemáticas.

Ótimo, Violet pensou, sorrindo para si mesma. *Muito bom.* Ela acreditava que as garotas não encontrariam maridos por lá, mas podiam *se* encontrar.

Antes que ela se desse conta, já era abril. Quando a notícia da rendição de Napoleão chegou à Inglaterra, toda Londres fez festa. Daquele dia em diante os nervos de Violet ficaram tensos como a corda de um arco. À noite, procurava luzes no quarto escuro de Christian.

No baile dos Beaufetheringstone, Violet se pegou vasculhando a multidão à procura daquele cabelo castanho ondulado, acompanhado do sorriso maroto.

Ela disse a si mesma para não procurar por ele. Semanas, até mesmo meses, podiam se passar antes que ele voltasse, e quando o fizesse, iria aparecer na casa ao lado. Mas Christian *voltaria* para ela. Um dia.

— Srta. Winterbottom? — O Sr. Gerald Jemison estava parado ao lado dela, segurando uma taça de licor de amêndoas em cada mão. — Aceita uma bebida?

Violet quis dar uma resposta educada, interessada, mas não conseguiu.

Porque, de repente, ele apareceu.

Ele estava *ali*.

Christian.

Foi como se o coração dela sentisse a presença dele, antes mesmo que Violet conseguisse vê-lo na outra extremidade do salão de festas. Sim, era ele. O cabelo continuava comprido e aquele nariz malandro nunca mais ficaria reto. Mas ele vestia uma gravata branca, um colete de brocado de seda e um paletó preto que brilhava como pele de foca. O traje de um filho de duque, não de um camponês. Ele estava magnífico.

E seguia diretamente para ela.

Violet precisou de toda sua força para não levantar as saias e correr na direção dele. Mas até que ele lhe dissesse o contrário, ela continuaria a desempenhar o papel que Christian tinha lhe dado. Precisava agir como se aquela noite nunca tivesse acontecido.

Como se não fosse seu amor, seu amante, o dono do seu coração que vinha caminhando, decidido, sobre os tacos encerados.

Se pudesse fingir indiferença a *isso*, Violet saberia que podia fingir qualquer coisa.

— É você, Pierce? — O Sr. Jemison o cumprimentou, inclinando a cabeça como se fosse uma reverência. — Que surpresa. Eu não fazia ideia de que você tinha voltado das Índias Ocidentais.

— Cheguei esta tarde. Mas só estou em Londres de passagem.

— De passagem? — Violet sentiu um aperto no estômago.

Um sorrisinho surgiu nos cantos dos lábios dele.

— Isso mesmo. Meu pai quer que eu examine umas terras que está pensando em comprar na Guiana.

— Guiana. — O Sr. Jemison ainda segurava as duas taças de licor. — Minha nossa. Isso fica na África?

— América do Sul — Violet murmurou. Ela fixou o olhar no chão, titubeante. Christian devia ter recebido uma nova missão. Provavelmente não na Guiana, mas em outro lugar distante.

Ele iria deixá-la outra vez.

— É um espanto que tenha se dado o trabalho de voltar até a Inglaterra — Jemison disse. — Não teria sido mais fácil pegar um navio de Antígua para Guiana?

— Sem dúvida — Christian concordou. — Mas eu tinha uma tarefa importante para fazer aqui em Londres.

— Uma tarefa? — Jemison riu. — Importante o bastante para fazer você atravessar um oceano?

Os olhos castanhos e calorosos de Christian encontraram os de Violet.

— Importante o bastante para me fazer atravessar o mundo. De quatro. E então voltar e atravessar de novo.

O coração de Violet derreteu. Seus joelhos também começaram a se liquefazer.

— Sabe — ele continuou —, eu fiz essa viagem toda por uma única razão. Para pedir à Srta. Winterbottom que dance comigo. — Ele estendeu a mão enluvada para ela e sussurrou, carinhoso: — Concede-me esta dança, Violet?

— Claro. Oh, claro.

Eles foram para a pista de dança, deixando o Sr. Jemison com duas taças de licor e uma expressão de absoluta confusão. Violet sentiu uma pontada de remorso, mas esqueceu o sentimento assim que chegou à pista de dança.

Quando a mão de Christian deslizou por entre as escápulas dela, ele inspirou de forma audível. Lágrimas emergiram nos olhos dela.

Estar tão perto dele, depois de tantos meses... Ela mal conseguia suportar o palmo de distância entre seus corpos. Queria se jogar naquele peito forte, sentir o abraço apertado dele, inalar aquele aroma tão masculino. O corpo dela esquentou, e toda noção de ritmo a abandonou. Eles não estavam se movendo de acordo com a música, mas nenhum dos dois se importou.

— Pela expressão de espanto nos olhos de todos — ele murmurou —, parece que você manteve sua parte do acordo.

— Não foi fácil. Eu consegui um grupo e tanto de pretendentes, sabe?

— Não posso dizer que estou surpreso. — Ele apertou os olhos. — Mas admito que estou com ciúmes.

— Não precisa. Durante todos esses meses eu praticamente não pensei em nada, a não ser você. Estou feliz que esteja bem. — Enquanto apertava o braço dele, a emoção aflorou no peito de Violet. — Quanto tempo você tem antes de precisar partir? Por favor, diga-me que é mais do que apenas uma noite.

— Nós temos algumas semanas.

Oh, Deus. Só algumas *semanas*?

— Vamos aproveitar nosso tempo ao máximo — ela disse, tentando parecer forte. Tratava-se da carreira de Christian, seu tributo a Frederick, seu dever solene a serviço da Coroa. Se ele conseguia suportar a separação, ela também conseguiria. — Imagino que você não esteja indo de fato para a Guiana.

Ele a puxou para perto e sussurrou em sua orelha:

— Não, meu amor. Nós vamos para o sul da França.

— *Nós*? — O coração dela deu um salto. Oh, a punhalada da esperança... era afiada e doce. — Você disse *nós*?

— Desde que você concorde, claro.

— Você sabe que eu o seguiria para qualquer lugar. Mas França? A guerra acabou. Napoleão vai para o exílio.

— Muitos apoiadores dele continuam à solta. É necessário manter a vigilância, principalmente no sul. Essa é minha nova missão. Vou ser um professor itinerante, veja só. Deus sabe que vou precisar da sua ajuda para conseguir. O padrão de vida não vai ser grande coisa, mas me prometeram uma casinha perto dos vinhedos. Ouvi dizer que a região é linda.

Violet não teve dúvida. Uma imagem surgiu na cabeça dela. Colinas ondulantes marcadas por filas de videiras. Uma casa antiga com venezianas verdes, aninhada em uma encosta virada para o sul. Lençóis brancos e recém-lavados pendurados no varal, enfunados como velas pela brisa com aroma de lavanda. Cachorros. Galinhas.

Christian.

A empolgação deu novo impulso a seu próximo rodopio na dança.

— Vai ser perfeito — ela disse e ele sorriu.

— Eu sei que lhe prometi um casamento suntuoso, mas você aceita algo mais simples? Eles querem que estejamos instalados até o fim do verão, e você precisa ser treinada. Eu gostaria de uma lua de mel de verdade antes de partirmos.

— Eu também gostaria. Aonde vamos na lua de mel?

— A lugar nenhum. — Ele a puxou indecentemente perto, e deslizou a mão para baixo até roçar o traseiro dela. O calor esquentou os dois corpos. — Desde que eu tenha você e uma cama macia, não precisamos de um cenário exótico. Nós não precisaremos nem mesmo de roupas.

    Ela riu com gosto. Oh, que vida maravilhosa, emocionante, passional e cheia de amor eles teriam.

    — Desta noite em diante nós devemos falar francês sempre que estivermos sozinhos. Eles vão nos dar novos nomes, mas vou criar o hábito de chamá-la de *mon ange*, para facilitar. Você já pensou em um novo apelido carinhoso para mim? — Ele arqueou a sobrancelha. — Espero que eu já não seja A *Decepção*.

    — Claro que não. — Inclinando a cabeça para observá-lo, ela pensou em uma série de termos afetuosos... *mon coeur, mon amour, mon cher*.

    — *Ma moitié* — ela decidiu. — Minha metade. Porque quando você partiu, meu coração foi rasgado ao meio. E quando você voltou, tornou minha felicidade completa. — A voz dela ficou um pouco embargada, e Violet baixou os olhos para a gravata branca. — Christian, eu... eu não sei como viver sem você.

    Ele parou de dançar e subiu as duas mãos até o rosto dela, virando-o para si. Os olhos dele ficaram solenes e ardentes.

    — Você nunca vai saber.

    Todas as pessoas presentes foram esquecidas. O salão de festas parou de existir. Eles eliminaram a distância entre si, ambos se inclinando para frente bem devagar... até que seus lábios se encontraram na metade do caminho.

    Duas metades de um beijo apaixonadamente perfeito.

Dedicatória

Sou grata à Sara Lindsey por me inspirar a pegar um comentário casual e transformá-lo nesta história. Tudo começou no *The Ballroom Blog*, assim agradeço de coração a meus colegas blogueiros, nossos visitantes e à inestimável Lady B. Apreciem o drinque, garotas.

Obrigada à Heather Osborn pelo título fabuloso e à Kim Killion pela capa maravilhosa. Obrigada à Mala Bhattacharjee por me emprestar as palavras doces de seus avós. Obrigada à @Pebekanao e à incrível comunidade do Twitter pela ajuda linguística. Obrigada à minha agente, Helen Breitwieser, por todo o apoio. Obrigada à Crissy Brashear por dizer sim. Obrigada às Vanettes pela sabedoria e pelo bom humor ilimitados. Obrigada à Carey Baldwin e Courtney Milan pelas sugestões inestimáveis.

E por último, mas não menos importante, meus agradecimentos e carinho à brilhante Lindsey Faber por todo o resto.

LEIA TAMBÉM

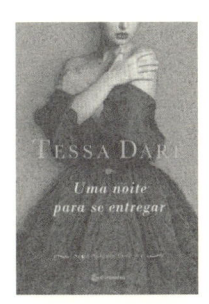

Uma noite para se entregar
Tessa Dare
Tradução de A C Reis

Uma semana para se perder
Tessa Dare
Tradução de A C Reis

A dama da meia-noite
Tessa Dare
Tradução de A C Reis

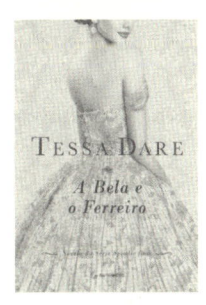

A Bela e o Ferreiro
Tessa Dare
Tradução de A C Reis

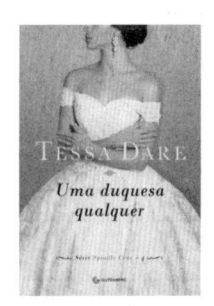

Uma duquesa qualquer
Tessa Dare
Tradução de A C Reis

Como se livrar de um escândalo
Tessa Dare
Tradução de A C Reis

Uma chance para o amor
Tessa Dare
Tradução de A C Reis

LEIA TAMBÉM A SÉRIE CASTLES EVER AFTER

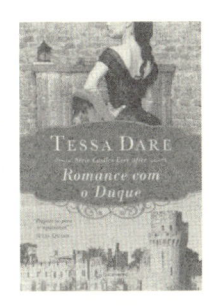

Romance com o Duque
Tessa Dare
Tradução de A C Reis

Diga sim ao Marquês
Tessa Dare
Tradução de A C Reis

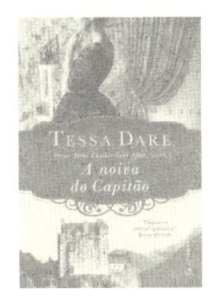

A noiva do Capitão
Tessa Dare
Tradução de A C Reis

Este livro foi composto com tipografia Electra LT Std e
impresso em papel Off-White 90 g/m² na Assahi.